신화의 전장

dream
books
드림북스

신화의 전장 12

초판 1쇄 인쇄 2020년 8월 7일
초판 1쇄 발행 2020년 8월 24일

지은이 박정수
발행인 오영배
편집 편집부
일러스트 엑저
본문 디자인 오정인
제작 조하늬

펴낸곳 (주)삼양출판사 · 드림북스
주소 서울시 강북구 도봉로 173
대표 전화 02-980-2112 **팩스** 02-983-0660
편집부 전화 02-987-9393 **팩스** 02-980-2115
블로그 blog.naver.com/dreambookss
출판등록 1999년 3월 11일 제9-00046호

ⓒ 박정수, 2020

ISBN 979-11-283-9951-0 (04810) / 979-11-283-9403-4 (세트)

드림북스는 (주)삼양출판사의 판타지 · 무협 문학 브랜드입니다.

신화의 전장
12
MODERN FANTASY STORY & ADVENTURE
박정수 현대판타지 장편소설
dream books
드림북스

목 차

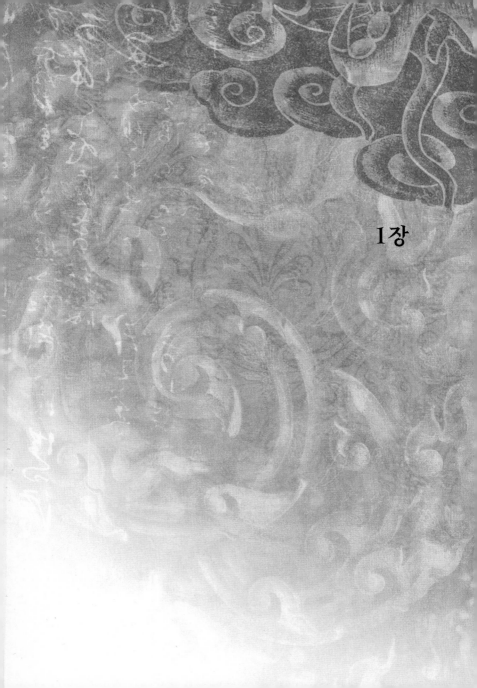

1장

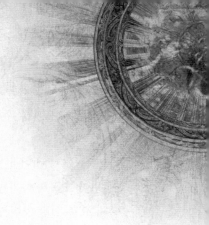

　박현은 CCTV를 통해 경찰서 내, 정확히는 제3광수대 별관 지하 유치장을 보고 있었다.

　유치장 안에는 도해법사와 보상최가 외당 당주 최무룡, 동아날파람 꼭두쇠 하필도 및 검계 검사들이 수감되어 있었다.

　원래 구속 영장이 청구되면 구치소로 가는 게 맞으나 그들은 일반인들이 아니었다. 그들을 일반적인 구치소에 수감한다는 것은 허허벌판 양떼 목장에 늑대들을 풀어놓는 거나 매한가지였다.

　해서 박현은 사건에서 그들의 이름을 지운 뒤 그들을 이곳에 가둬두었다.

즉, 저들은 더 이상 수사 대상도 아니고, 피의자도 아니었다.

"박현 님."

한설린이 조용히 다가왔다.

"……?"

"아버지예요."

한설린은 전화기를 내밀었다.

"전화를 안 받으신다 하셔서요."

"전화?"

박현은 손으로 품을 뒤졌다.

"책상에 놓고 온 모양이군."

박현은 한설린의 전화기를 받아들며 시계를 쳐다보았다.

오전 9시.

재계 조찬 모임이 막 끝날 시간이었다.

사실 말이 재계 조찬 모임이지, 10대 그룹 총수들만의 조찬 모임이기도 했다.

그리고 당연히 오늘 모임의 주제는 국제그룹과 회장 민경욱일 것이다. 그리고 곁다리로 붙는다면 영원한 재벌의 친구, 법무법인 최앤장일 것이고.

"분위기는 어때요?"

《생각보다 분위기가 좋지 않습니다.》

그도 그럴 것이 이번 사건의 본질이 이면에 있다는 것을 그들도 눈치챘을 것이다. 그게 아니라면 재벌 총수가 눈 시퍼렇게 뜨고 이렇게 당하지는 않았을 터이니 말이다.

그래도 자신들은 일반인이지만 일반인이 아니라 여겨왔을 터.

그런데 이면의 힘에 재계 3위 그룹인 국제그룹 총수가 픽하고 쓰러져버렸다. 그 위기를 컨트롤할 수 없다는 사실에 큰 충격을 받았다.

《이래저래 알아보기 위해 동분서주하는 모양인데, 진위가 파악되지 않아 더욱 당황하고 있습니다.》

박현은 한재규 회장의 말에 고개를 끄덕였다.

"그래서 불씨는 던졌습니까?"

비록 그들이 일반인이라고 해도, 그들이 가진 금력은 가히 가볍지 않았다. 그들이 하나로 뭉친다면 적어도 이면을 흔들고 흠집을 낼 수는 있을 정도였다.

그래서 박현은 애초에 그들이 뭉치지 못하게 할 생각이었다.

당연히 그 시작은 한성그룹이었다.

《확실합니다.》

그리고 그 아이디어를 낸 이는 당연히 한재규였다.

《비록 조찬 자리에서 뚜렷한 반응은 없었지만, 속마음이 드러나는 것까지 감출 수는 없는 법이지요. 박현 님도 그 자리에서 다들 표정을 감추고 머릿속으로 계산기를 두들기는 모습을 보셨어야 했는데, 허허허.》

자신이 살짝 오버했다는 생각이 들었는지 한재규 회장은 금세 웃음을 거두며 말을 이어갔다.

《그룹을 어떻게 갈라 먹을까? 딱 이 한마디였습니다.》

박현은 고개를 끄덕였다.

《아마 지금쯤 각 그룹 전략기획실이 난리가 났을 겁니다.》

열에 아홉, 아니 열이면 열 모두.

그룹 회장들은 본사에 들어가자마자 계열사 인수라는 폭탄을 던졌을 것이 분명했다.

"수고했습니다."

박현의 입가에 희미한 미소가 지어졌다.

《아닙니다.》

그 말은 진심이었다.

누구도 아닌 이 땅 두 개의 태양 중 하나가 자신의 뒷배이니 든든하기 짝이 없었다.

《그런데 박현 님.》

"말씀하세요."

《진정 국제그룹을 해체시키실 겁니까?》

"네."

《…….》

잠시 수화기 너머로 아무런 소리도 넘어오지 않았다.

"필요한 계열사 서너 개 뽑아놓으세요. 청와대에 언질을 넣어놓죠."

《……. 가, 감사합니다!》

혹시나 설마설마했었나 보다.

한재규 회장의 대답은 한 박자 늦었고,

"다만 무리한 욕심을 가지지 마세요. 아시겠습니까?"

박현의 경고에 대답하는 목소리에는 힘이 담겨 있었다.

박현은 전화를 끊고 바로 비서실장에게 전화를 넣었다.

그리고 한성그룹에서 조만간 연락이 갈 것이라 전했다.

당연히 대답은 오케이.

처음 청와대에서는 국제그룹을 찢는 것에 거부감을 보이는 듯싶었지만, 얼마 가지 않아 적극적으로 응해 왔다.

여러 이유가 있겠지만, 살아 있는 권력의 힘을 보여주기 위함이 아닐까 싶었다.

겸사겸사 이득을 얻은 그룹의 후원도 받을 것이고.

박현은 어차피 정치판에는 관심이 없는 터라 그 후로 관심을 껐다.

목적은 오로지 조용히 사건이 마무리되는 것이었으니까.

"현이 아우."

전화를 끊고 다시 CCTV 모니터로 시선을 옮기는 그때 최길성이 다가왔다.

"최 가주 왔다."

보상최가 가주 최경만.

박현은 고개를 끄덕이며 자리에서 일어났다.

사무실을 나가자 복도에 최경만이 있었다.

"휴우—. 죄송합니다."

그는 박현을 보자 한숨을 푹 내쉬며 허리 숙여 사과했다.

"전후 사정 들었어. 이번 한 번은 보상 최가에 책임은 묻지 않을 거야. 대신 앞으로 집안 단속 확실하게 해."

"은혜를 베풀어주셔서 감사합니다."

박현은 최경만을 데리고 복도 끝으로 걸어갔다.

복도 끝, 벽에 선 박현이 기운을 슬쩍 내뿜자, 벽에서 부적이 툭툭 튀어나오며 기이한 문양을 만들어냈다.

박현이 그중 중앙에 떠 있는 부적에 손을 가져가자 부적들이 빠르게 회전하며 빛을 머금었다.

그 빛 사이로 마치 장막이 걷히듯 회색 페인트가 걷히며 철문이 모습을 드러냈다.

박현은 철문을 열고 안으로 들어갔다.

계단을 타고 지하로 내려가자 쇠창살로 만들어진 감방 몇 개가 늘어서 있었다.

박현은 최경만을 데리고 첫 방으로 향했다.

첫 방에는 최무룡이 갇혀 있었다.

국회위원 신분을 떠나 그래도 검계의 검사이자, 외당의 당주라고 꼿꼿하게 허리를 세운 채 양반다리를 하고 있었다. 인기척이 들리자 그는 조용히 눈을 떴다.

"……가주?"

적의 가득한 눈동자에 희망이 언뜻 보였다.

그러면 그렇지, 달리 보상최가가 아니겠는가, 아마 이런 생각을 하였으리라.

"휴우—."

최경만은 그 감정을 알아차리자 깊은 한숨을 내쉬며 일단 예를 갖춰 허리를 숙였다.

"오랜만입니다, 숙부. 그리고 죄송합니다."

마지막 말에 믿을 수 없다는 듯 추무룡의 눈동자가 파르르 떨렸다. 최무룡은 박현과 최경만을 몇 번 번갈아 보더니 이내 눈을 질끔 감았다.

그리고 침묵.

"앞으로 어찌 되느냐?"

"내단을 폐하고, 수신방으로 모실 겁니다."

그 말에 최무룡의 눈동자가 파르르 요동쳤다. 하지만 그 시간은 그다지 길지 않았다.

최경만의 마지막 사과에 이미 짐작했는지 모른다.

"내단에 수신방이라."

최무룡은 유일한 빛인 형광등을 잠시 올려다보았다.

내단을 폐한다는 것은 검사로서의 죽음을 의미한다.

거기에 수신방은 보상최가의 징벌방을 말하는 것이었다. 그리고 수신방은 한번 들어서면 살아서 다시 세상 빛을 보지 못하는 곳이었다.

즉, 검사로서도, 인간으로서도 살아 있는 죽음을 의미했다.

"아해들은?"

"죄의 경중을 따져 보아야지요. 그래도 대부분 내단의 폐는 피할 수 없을 겁니다."

"그건 아니 된다! 그러면 외당이 완전히 무너진다!"

이 순간에도 최무룡은 보상최가를 생각하고 있었으니.

피는 피인 모양이었다.

"외적인 가문의 기반마저 흔들린다. 차라리 내 목으로 아해들의 잘못을 눈감아다오!"

최무룡은 절절하게 소리쳤다.

하지만 최경만은 조용히 고개를 저을 뿐이었다.

"압니다."

"안다면서 왜!"

"알지만 그리 해야 합니다."

그 말에 최무룡의 시선이 박현에게로 넘어갔다.

그 이유가 박현에게 있음을 느꼈기에.

"네놈, 아니 그대의 정체가 무엇이기에."

대답은 박현이 아닌 최경만에서 나왔다.

"용입니다."

"요, 용? 문무시란 말이냐!"

다시 최경만이 고개를 저었다.

"또 다른 용."

"……!"

최무룡의 눈이 부릅떠졌다.

그리고 조금 전과는 비교도 할 수 없을 정도로 파르르 떨렸다.

"크크, 크하하하하!"

이내 최무룡은 크게 웃음을 터트렸다.

그 웃음은 허탈함을 가득 담고 있었다.

"숙부. 걱정마십시오. 외당을 더욱 굳건하게 세울 것입니다."

그러는 사이.

조완희가 박현에게 조용히 다가와 어깨를 톡톡 쳤다.

"왜?"

박현은 자리를 피하며 물었다.

"검수단 김영수 단장하고, 심규호 꼭두쇠 왔다."

"동아 날파람?"

"어."

"……."

"인계 요청했어."

그 말에 박현의 미간이 살짝 좁아졌다.

"왜 인계하지 말까?"

"아니야. 약속했으니 넘겨야지. 그런데 확실하게 처리할
까?"

"그건 걱정하지 않아도 될 거야. 검계주뿐만 아니라 문
두들도 적잖게 화가 난 상태거든."

"그건 제법 의외네."

"아무리 치외법권에서 살아가도, 아니 살아가기 때문에
라도 일반사회보다 더 엄격하게 인간으로서 지켜야 할 법
도를 세워."

그거야 어디까지나 검계라는 조직이 흔들리지 않을 때의
이야기겠지만, 어쨌든 박현은 고개를 끄덕였다.

"처벌 수위는?"

"몇몇은 참수될 거고, 나머지 인물들은 죄의 경중에 따라 다르지만 보상최가와 비슷할 거야. 어차피 보상최가의 징벌도 검계랑 크게 다르지 않겠지만."

"참수라."

낯선 단어였다.

"네가 인계해라."

"그래, 알았다."

"그리고, 도해법사는?"

"이틀 후에 천도굿[1]할 거야."

"……?"

"그 녀석의 죗값은 여기가 아니라 저승에서 치러야지."

"인간인데 천도굿이 가능해?"

"그 녀석 육신은 그냥 탈이야. 혼백이라서 가능해. 이미 대별왕께 물어봤어."

"그래, 알았다."

박현은 모든 일처리를 마무리한 후 형사과로 올라왔다.

그리고 막 자리에 앉는데, 안필현이 다가와서 사진 한 장을 건넸다.

"여기."

오래된 사진이었다.

그리고 그 사진은 오랫동안 외우듯이 보아온 '장항동 아
녀자 납치 및 살인 사건'의 현장 사진이었다.

"……?"

"어제도 봤었냐?"

안필현은 책상에 엉덩이를 걸치며 물었다.

"네."

아마 오늘 새벽에 사건을 보다 흘린 모양이었다.

박현은 쓴웃음을 지으며 서랍을 열어 깊게 묻어둔 사건
파일을 다시 꺼내 끼워 넣었다.

"현아."

안필현의 목소리가 낮아졌다.

그리고 표정 또한 심각하기 그지없었다.

"……?"

"그 사건."

"예."

"전산 자료에서 사라졌다."

"……!"

안필현의 말에 박현의 눈이 부릅떠졌다.

"흔적조차 없어."

그 말은, 세상에서 사건이 사라졌다는 말이기도 했다.

남은 유일한 증거는 자신이 가진 구식, 아날로그 파일뿐

이라는 뜻이기도 했다.

"완벽하게 지워졌어."

박현의 눈에서 살기가 스물스물 흘러나왔다.

"그리고."

"또 있습니까?"

"그 사건 맡았던, 이 형사님."

"예."

"그분 알고 보니 은퇴하고 얼마 지나지 않아 의문의 사고로 돌아가셨다."

콰득!

그 순간 철제 서랍이 박현의 손아귀 안에서 우그러졌다.

*　　　*　　　*

이 형사.

이름은 이순형.

수년 전, 지독하리만큼 암호의 뒤를 쫓던 형사였다.

동시에 박현을 누구보다도 따뜻하게 보듬어 주며 바른 길로 인도하려 했던 이이기도 했다.

연화가 죽었을 때, 허황되다 싶은 진술을 유일하게 귀담 아주었으며 끝까지 최선을 다해 수사해주기도 했었다.

그리고 박현이 경찰이 되었을 때 가장 기뻐해 주었다.

어디서나 볼 법한 평범한 연립주택, 3층.

빛바랜 303호 현관문 앞.

박현은 회한 담긴 눈으로 잠시 문을 바라보다 초인종으로 손을 가져갔다.

덜컹―

마치 기다렸다는 듯이 문이 열렸다.

서른 안팎의 여인이 재활용 쓰레기 더미를 들고 나오다 박현을 보자 멈칫거렸다.

"누구……세요? 어?"

잠시 박현을 쳐다보던 여인이 눈을 동그랗게 떴다.

"현? 현이니?"

긴가민가한 표정으로 물었다.

"잘 지냈어?"

박현은 담담한 미소를 지으며 안부를 물었다.

"맞네. 이야, 쪼만한 것이 많이 컸어."

"옛날부터 내가 더 컸었는데."

"내가 여기 사는 건 어찌……, 아! 너도 경찰이지? 미안, 미안. 까먹었다."

그녀는 여전히 혼자 말하고, 묻고, 대답했다.

"아니, 이럴 게 아니라. 들어와!"

이순형 형사의 딸, 이신영은 재활용 쓰레기 더미를 다시 현관에 처박듯이 툭 던지고는 박현을 끌다시피 집 안으로 들였다.

그녀의 집은 적당히 깔끔하고, 적당히 지저분한 여느 집과 다르지 않았다.

"내가 이렇게 산다."

민낯을 보여준 듯 이신영은 살짝 낯을 붉혔다.

"앉아있어. 커피 한 잔 내올게."

박현은 군데군데 인조가죽이 벗겨진 소파에 앉았다.

그녀가 커피를 준비하는 동안 방 안을 차분히 살폈다.

TV 옆 장식장에 몇몇 사진 액자들이 놓여 있었다.

빛바랜 사진 속에 젊은 이순형 형사도 있었고, 나이 든 이순형 형사도 있었다. 그리고 그의 곁에는 어린 이신영도 있었고, 앳된 이신영도 있었다.

"여기."

그 사이 이신영이 커피를 내왔다.

"아버지 보고 있었어?"

박현은 고개를 끄덕이며 커피잔을 들었다.

믹스커피의 달달함이 느껴졌다.

"남편?"

박현은 어떤 남자와 환하게 웃고 있는 커플 사진을 눈으로 가리키며 물었다.

"누나 결혼했다."

이신영이 턱을 살짝 들며 거만하게 웃음을 지어 보였다.

"언제는 안 한다더니."

"무슨 쌍팔년도 옛날이야기를 끄집어내고 그러냐."

이신영은 예전과 다름없이 털털했다.

"뭐하시는 분이야?"

"소방관."

"아이고."

소방관의 열악함은 형사 저리가라였다.

"어쩌냐. 나 없이 못 산다 하기에, 이 한 몸 희생해서 남자 하나 구제해 줬다."

그리고 그녀는 여전히 씩씩했다.

"그래도 아버지보다는 낫다. 몇 날 며칠 집에 안 들어오고 그러지는 않아."

박현은 고개를 끄덕이며 잠시 사진 속 그녀의 남편을 잠시 쳐다보았다. 그러나 이내 그의 눈은 이순형 형사에게로 향했다.

젊은 이순형 형사의 사진은 박현에게도 매우 낯설었다.

"아버지 때문에 온 거니?"

박현이 이순형 형사 사진을 빤히 쳐다보자 그녀가 물었다.

"어. 이제 소식을 들어서."

몇 년의 세월이 흘러서인지 그녀의 얼굴에 아련함이 느껴졌다. 하지만 그 아련함이 슬픔은 아니었다.

"이제라도 찾아와줘서 고마워. 아빠도 좋아하겠다."

이신영도 아버지 이순형 형사의 사진을 쳐다보았다.

"그런데, 신영아."

"뭐? 신영아? 이게 아직도, 죽을래?"

이신영이 눈꼬리를 치켜뜨며 주먹을 들어올렸다.

"됐다. 내가 너한테 뭘 바라냐."

이신영은 덤덤히 자신을 바라보는 박현을 보자 고개를 저으며 다시 주먹을 내렸다.

"왜? 뭐가 궁금해서?"

"이 형사님 돌아가신 날, 도둑이 들었다고 하던데."

"그건 또 어찌 알았어?"

"이 형사님이니까."

"도둑이 들기는 했는데, 뭐 훔쳐 갈 게 있기는 있었겠어? 집이나 난장판으로 만들고 말았지."

"그래?"

박현의 눈매가 가늘어졌다.

"혹시 신영아."

"이게 진짜!"

"이 형사님의 수첩, 볼 수 있을까?"

"수첩?"

이신영이 고개를 갸웃거렸다.

"무슨 수첩?"

그녀는 진짜 모르는 눈치였다.

"형사님 보물 1호. 미해결 사건 수첩 말이야."

"아!"

박현의 설명을 들은 이신영은 그제야 기억이 난다는 듯 무릎을 탁 쳤다.

"그거 못 봤는데. 아버지가 은퇴하시면서 처분한 거 아니야?"

아니다.

이 형사는 은퇴했었어도 힘이 닿는 데까지 사건을 파볼 것이라 했다. 오히려 위의 눈치 안 보고 자유롭게 수사할 수 있어 좋다고 하지 않았었던가.

그리고 그러한 사실은 누구보다 이신영이 더 잘 알고 있었을 것이다.

왜냐하면 이순형 형사의 주정이 바로 그 수첩에 관한 것이었고, 이신영은 이순형 형사의 술친구였으니까.

"그러게, 왜 내가 그걸 기억 못 하고 있었지?"

이신영도 자신이 이해가 되지 않은 듯 고개를 갸웃거렸다.

"아버지 교통사고 나시고, 도둑 들고, 돌아가시고. 그때 내 정신이 내 정신이 아니었던 모양이다."

이신영은 죄책감이 든 듯 잠시 말없이 커피잔을 매만졌다.

"일단 없는 건 확실해. 이사 오면서 아버지 유품을 다 살펴보았거든."

박현은 그녀의 뒤, 빈 공간을 힐긋 쳐다보았다.

"미안해. 괜히 잊은 기억 떠올리게 해서."

"아니야. 괜찮아. 내가 나쁜 년이지 뭐."

"……."

"허구한 날, 술만 잡수시면 암호인가 뭔가 고양이 새끼 잡아야 한다며 귀 딱지가 박히도록 들었는데."

이신영은 애써 밝은 웃음을 지어 보였다.

"그런데 그 수첩은 왜? 혹시 너……. 아직도……."

이신영은 뭔가 떠오른 듯 착잡한 표정으로 박현을 쳐다보았다. 그 시선에 박현은 어색한 웃음을 지었다.

"그건 그렇고, 결혼은 언제 한 거야?"

박현은 대화 주제를 돌렸다.

"삼 년."

"이 형사님이 아셨으면 좋아하셨을 텐데."

그 뒤로 박현은 이래저래 살아온 시간에 대해 이야기를 나눈 후 자리에서 일어났다.

"야, 박현."

"어."

"아버지 산소 갈 때 연락해. 같이 가자."

"알았어."

"그리고 다음에 또 이 누나 이름 부르면 죽는다."

이신영이 주먹을 불끈 쥐어 보였다.

"간다."

"몸조심하고. 끼니 챙겨 먹고."

박현은 손을 휘휘 저으며 그녀의 집을 나왔다.

그녀의 집을 나서자마자 박현의 얼굴은 살벌하리만큼 굳어졌다. 박현이 연립주택을 나와 한적한 길에 들어서자 조완희가 조용히 다가와 섰다.

"신영이 기억, 맞지?"

박현이 그녀의 집에 들렀을 적, 조완희도 부적으로 모습을 감춘 채 그녀와 그녀의 집을 살폈었다.

"어."

조완희가 고개를 끄덕이며 대답했다.

"누군가 기억을 의도적으로 비튼 게 분명해."

"흠."

박현은 고개를 돌려 그녀가 사는 연립주택을 쳐다보았다.

"집 안은?"

"다행히 집 안에 특별한 건 없었어."

제법 시간이 흘러서인지 감시의 눈길은 없는 듯싶었다.

"그건 다행이군. 수고했다."

"수고는. 근데 현아."

조완희가 박현을 불렀다.

"왜?"

"뭔지 몰라도, 그 사건. 파고들면 저분이 위험하지 않을까?"

"위험하겠지."

이순형 형사도 그리 보냈는데, 그녀라고 안 그럴까.

"고민해봐야지."

당장은 아니니까.

타초경사(打草驚蛇)라 했다.

박현은 섣불리 움직일 생각은 없었다.

천천히.

서서히.

확실하게 적의 꼬리를 잡을 때까지, 인내하고 인내할 것
이다.

왜냐하면

예전과 달리 박현은 이제 이면에서 살아가기 때문이었
다.

그런 범죄를 저지른 놈이 마냥 숨을 죽이고 살아가지는
않을 것이다. 분명 다른 범죄를 저지를 것이고, 그러다 보
면 언젠가 자신의 눈에 띌 것이다.

'그러면, 넌 내가 죽인다.'

지금 자신은 그때의 초라하고 힘없던 뒷골목 해결사가
아니었다.

이제 자신은, 흉포함을 감춘 이면의 지배자였으니까.

'그리고 연관된 이, 모두 죽인다.'

오래된, 가슴 깊게 묵혀둔 분노가 다시금 일어났다.

*용어

1) 천도굿: 죽은 이의 영혼을 저승으로 인도하는 굿.

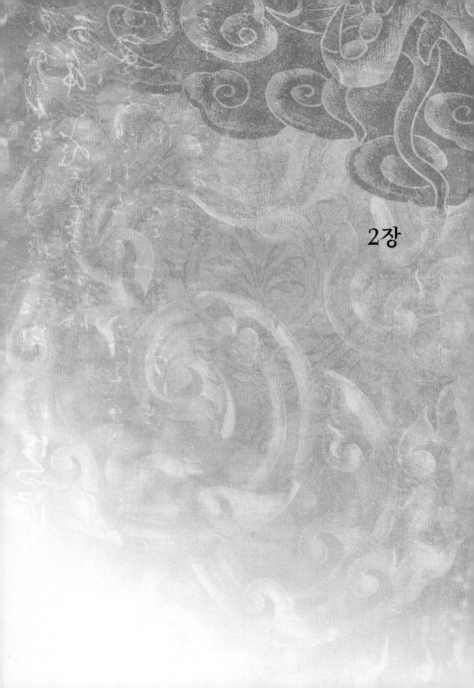

2장

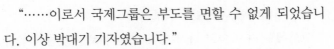

　"······이로서 국제그룹은 부도를 면할 수 없게 되었습니다. 이상 박대기 기자였습니다."

　박현은 TV 소리를 최대한 줄인 후 책상에 놓인 신문을 들었다. 하지만 몇 줄 읽지 않고 다시 신문을 접어 책상에 툭 던졌다.

　지금 TV 뉴스든 신문이든 모든 이슈의 포커스는 바로 국제그룹이었다.

　언론들은 마치 하이에나 떼처럼 국제그룹을 물어뜯고 있었다.

　아마 국제그룹을 제외한 재벌들의 입김이 분명했다.

국제그룹의 해체.

그 과정을 차근차근 밟고 있었다.

박현은 고개를 돌려 철제 캐비닛을 쳐다보았다.

그 눈빛에 신력이 담기자.

덜컹—

캐비닛 문이 열리고 안에 꽂혀 있던 서류 파일들이 우수수 쏟아져 내렸다. 그렇게 쏟아져 내린 사건 파일들은 허공에 둥둥 날아올라 박현의 의자 옆 바닥으로 소복이 쌓였다.

"다시 보라고?"

신동진 경위.

몇 번을 봐도 사건일지는 달라지지 않는다.

똑같은 글자에, 똑같은 사진.

그럼에도 다시 읽고 다시 읽다 보면 새로운 것들이 툭툭 튀어나온다. 그러한 조각들이 합쳐지고 다시 합쳐지다 보면 어느새 사건의 실마리가 되곤 했다.

문제는 그 과정이 매우 지루하고 재미없다는 사실이었다.

그걸 알기에 신동진 경위가 의자를 끌고 와 옆에 앉으며 물은 것이었다.

"도와줄까?"

박현은 고개를 저으려다가 고개를 끄덕였다.

뱀 문신 사내는 자신이 찾는 이였지만, 신동진 경위는 아니었다. 그에게는 모든 사건이 풀어야 할 사건이었다.

"실마리가 보이는 거로 부탁해요."

"내가 그런 건 또 전문 아니냐."

신동진 경위는 아예 옆자리에 깔고 앉아 수북이 쌓인 서류를 하나둘씩 다시 읽어가기 시작했다.

박현이 적당히 사건 파일을 들어 읽어내려 갈 때였다.

쿵!

부드럽지만 무거운 기운이 느껴졌다.

박현은 눈을 번뜩이며 고개를 들었다.

화르르륵―

그의 시선이 닿은 형사실 벽면이 기이한 빛을 내며 갈라지고 이질적인 공간을 만들어냈다.

그 사이로 너구리가 신선처럼 근엄하게 구름을 타고 안으로 들어왔다.

"꽁차!"

너구리는 구름에서 폴짝 뛰어내렸다.

그리고는 그보다 큰 지팡이를 바닥에 콩 찍으며 박현을 올려보았다.

"오랜만임돠."

북성 청장군 둔갑너구리였다.

"오랜만입니다. 리(狸) 장군."

"잘 지냈는감?"

둔갑너구리는 근처 의자를 지팡이로 쓱 끌어와 그 위에 폴짝 뛰어 올라가 양반다리를 하고 앉았다.

"앉아……."

둔갑너구리는 갑자기 지팡이를 툭 던지듯 책상에 걸쳐 놓고는 팔짱을 꼈다. 그리고는 세상 심각하게 생각에 잠겼다.

"흠. 하―. 흠."

그 모습은 마치 장난감을 앞에 두고 고민하는 귀여운 고양이처럼 귀엽기 그지없었다.

그렇게 고민하던 둔갑너구리가 슬쩍 박현의 눈치를 봤다.

"기분 나쁘지 않았슴꽈?"

"……?"

둔갑너구리가 갑자기 말을 높이자 박현은 고개를 갸웃거렸다.

탁!

둔갑너구리는 무릎을 탁 치더니 고개를 푹 숙였다.

"제가 그만 실례를 했슴돠. 북성의 주인이신데, 무례를 저질렀슴돠. 용서를 바랍니돠."

갑자기 심각해진다 싶더니 이유가 바로 저것이었다.

"괜찮습니다. 할아버지의 인연도 있으시니 편히 대해도 됩니다."

그 말에 둔갑너구리가 부드럽게 웃음을 지었다.

"그래 말해줘서 고맙돠."

둔갑너구리는 전처럼 편하게 감사의 말을 한 후 한 박자 쉬었다.

"그래도 말임돠. 북성 중심은 내가 아니라 박현 님임돠."

"흠."

박현은 그를 바라보며 침음을 삼켰다.

"예를 범하지는 않겠습니다."

"그 말씀만으로도 감사함돠."

둔갑너구리는 담담한 미소를 지었다.

"그나저나 어쩐 일로 오셨는지요."

"오랜 시간 자리를 비우셨음돠. 북성의 주인이라면 응당 그 자리에 앉아야 옳은 법임돠."

둔갑너구리가 근엄한 목소리로 일장의 훈고를 늘어놓으려는 그때였다.

"으함!"

대장실에서 길게 하품을 하며 나온 안필현은 박현 앞에서 앞발을 꼬물꼬물거리는, 그의 눈에는 고양이로 보이는 둔갑너구리를 보자 눈이 동그랗게 떠졌다.

"헙!"

안필현은 복슬복슬한 둔갑너구리 앞으로 뛰어가 양 **뺨**을 쭉 잡아 늘였다.

"주인이 자리를 비우면……, 우엑? 우웨엑? 으엑?"

안필현의 손길에 따라 둔갑너구리의 목소리는 이상하게 늘어졌다.

"누구 고양이냐? 응?"

안필현은 둔갑너구리의 **뺨**을 양손으로 마구 비비더니 번쩍 들어올려 품에 안았다.

"아이구, 귀엽다! 보자~ 이 녀석!"

안필현은 둔갑너구리를 이리저리 흔들며 요리조리 살폈다.

"노르웨이 숲인 줄 알았더니, 크네. 메인쿤도 아닌 거 같고. 이 녀석 품종이 뭐냐?"

안필현은 애묘인답게 고양이 품종을 줄줄 읊으면서 둔갑너구리의 곳곳을 살폈다.

"이, 이놈! 지금 내게 무슨……."

"믹스인가? 아이구 귀여워라!"

안필현은 발악하듯 짧은 양팔을 휘젓는 둔갑너구리를 품에 꼭 끌어안으며 얼굴로 마구 비벼댔다.

"이, 이거 놓지……, 캬흥, 갸르르르르. 캬흥, 갸르르르르."

다시 험한 소리를 내려 했던 둔갑너구리는 안필현의 손길에 그만 기분 좋은 소리를 내며 저도 모르게 다리를 활짝 벌린 채 눈을 갸르스름하게 떴다.

"오구오구. 기분이 좋아요?"

안필현은 둔갑너구리를 매만지며 고개를 돌렸다.

"근데 누구 고양이냐? 때깔 보니까 길냥이는 아닌 거 같고. ……? 음?"

다들 벙 찐 표정으로 자신을 바라보자 안필현은 눈을 잠시 껌뻑였다.

"왜 그렇게 봐?"

안필현도 뭔가 이상함을 느끼며 물었다.

그 순간 품에 안겨 기분 좋게 갸르르 울던 고양이(?)도 움찔거렸다.

휘이잉—

그리고 불어온 바람 한 줄기.

"이, 이노옴!"

둔갑너구리는 노기에 찬 일갈을 터트리며 허공으로 훌쩍 뛰어올라 갔다.

"하찮은 인간이 감히 이…….."

"고, 고양이가 마, 말을……. 꺽!"

안필현은 너무 놀라 그 자리에서 기절하고 말았다.

"나는 고양이가 아니라 리(狸) 자를 쓰는 너구리란 말이다!"

둔갑너구리의 처절한 외침은 애석하게도 안필현의 귀에 닿지 않았다.

"히꾹! 히꾹!"

안필현은 의자에 앉아서 나름 무섭게 눈썹을 치켜세우고 자신을 노려보는 둔갑너구리를 흘깃 쳐다보았다.

"그러니까 저 애가, 아니 저분이 저기 뭐야. 저기 위쪽의……."

안필현은 손가락으로 머리 위를 가리키며 물었다.

"그러고 보니 사수는 본 적 없죠? 북쪽에 용회처럼 북성이라는 단체가 있어요. 그리고 북성에는 네 명의 장군들이 있구요. 리 장군은 그중 청장군으로 동쪽을 수호하시는 분입니다."

박현의 소개에 안필현은 고개를 끄덕이며 둔갑너구리를 다시 쳐다보았다.

"컴! 내가 바로 그 청장군 둔갑너구리이되! 이제 알겠느냐!"

"죄송합니다."

안필현은 바로 자신의 무례를 사과했다.

"모르고 저지른 잘못이니 내 이번만은 용서해 주겠노라."

둔갑너구리는 근엄하게 용서했다.

그 모습이 안필현의 눈에는 너무 귀여운 나머지 저도 모르게 손이 꿈틀거렸고, 그에 둔갑너구리도 저도 모르게 움찔거렸다.

"커험!"

둔갑너구리는 이내 헛기침을 내뱉었다.

"그나저나 위쪽에 계신 분이 여기에 어쩐 일로."

"아!"

둔갑너구리는 작달막한 손으로 머리를 콩 찧었다.

그제야 자신이 여기에 온 이유가 떠오른 것이었다.

"성주(星主)!"

둔갑너구리는 자세를 고쳐 잡으며 박현을 불렀다.

"다시 말씀 드리겠습돠. 오랜 시간 자리를 비우셨음돠. 의자가 비면 썩기 마련임돠."

"……?"

"후계자가 자리에 오르지 않으니, 북성이 흔들리고 있습돠."

둔갑너구리는 묵직한 목소리로 용건을 말했다.

"북으로 올라오셔야겠습니다."

　　　　　*　　　*　　　*

　해태의 옛 초가.

　박현은 눈을 동그랗게 뜨며 마당으로 발을 들였다.

　초가는 무너지고, 마당은 폐허가 되었었다.

　그런 해태의 초가가 아무런 일도 없었다는 듯 박현을 맞이하고 있었다. 당장이라도 문이 삐거덕 열리며 해태가 얼굴을 내비칠 것만 같았다.

　"후우."

　박현은 차마 초가로 발걸음을 내딛지는 못하고 몸을 돌려 평상에 앉았다.

　그리고 담배 하나를 입에 물었다.

　"괜찮습꽈?"

　둔갑너구리가 평상 위로 구름에 몸을 실은 채 날아왔다.

　"좋은데, 너무 좋은데…… 괴롭군요."

　박현은 손으로 평상 위를 매만졌다.

　그리고 알아차렸다.

　옛 평상 같지만, 새 평상이라는 것을.

　군데군데 오래된 질감이 있는 걸 보면 복각하며 최대한 옛 평상의 재료를 가져온 모양이었다.

　생각보다 손이 많이 갔을 거고, 쉽지도 않았을 터인데.

"보기 힘드시면 다시 없앰꽈?"

둔갑너구리의 물음에 박현은 고개를 저었다.

박현은 앞에 앉은 둔갑너구리를 쳐다보았다.

둔갑너구리의 눈에도 아련함이 담겨 있었다.

눈에 물기라도 스몄는지 둔갑너구리는 '쿵' 하며 고개를 돌려 손가락으로 눈물을 찍어냈다.

"리 장군께서 복원하신 겁니까?"

"어떻게 알았습꽈?"

박현은 고개를 끄덕이며 담배를 껐다.

"불편하면 장소를 옮겨도 됨돠."

"리 장군은?"

"……그래도 여기가 좋습돠."

둔갑너구리는 웃으며 대답했다.

그런데 그 눈빛은 여전히 슬퍼 보였다.

"이럴 게 아니라, 차 한 잔 내오겠습돠. 형님들 도착하려면 시간이 좀 남았습돠."

둔갑너구리는 바닥으로 훌쩍 뛰어내린 뒤 부엌으로 향했다.

박현은 초가를 다시 쳐다보며 담배를 입에 물었다.

잠시 후, 둔갑너구리는 김이 모락모락 나는 차를 내왔다.

맛을 보니 해태가 즐겨 마시던 쌉쌀한 약초 차였다.

박현은 슬쩍 둔갑너구리를 쳐다보았다.

둔갑너구리는 찻잔을 두 손으로 포근히 감싸쥐며 호호 불며 차를 마셨다.

해태를 그리워하는 이는 자신만이 아니었다.

하긴, 둔갑너구리는 해태가 어릴 때 거둬 키우다시피 했으니 그 정이 오죽할까.

그가 느끼는 슬픔은 결코 자신보다 얕지 않을 것이다.

차가 비워질 때쯤이었다.

백두산 백장군을 시작으로 삼태성 형제와 백두산 야차가 모습을 드러냈다. 그리고 북성으로 합류한 백택과 삼두일족응, 여우 일족을 이끄는 고미호도 합류했다.

"다들 오랜만입니다."

박현의 인사에 다들 예를 갖춰 허리를 숙였다.

"앉읍시다."

박현이 평상에 앉자 다들 옹기종기 엉덩이를 붙이고 자리를 잡았다.

"북성이 흔들린다고요?"

박현은 둔갑너구리를 일견하며 물었다.

북성은 할아버지가 남긴 유산이었다.

아직은…….

마음을 정리하지 못했기에 일부러 북과 거리를 뒀다.

하지만 유산을 지켜야 하기에 올라왔다.

그런데 평상에 앉은 이들을 보자 고개가 갸웃거려졌다.

북성을 지키는 사 장군과 암별초.

그들은 해태의 오랜 수족이자 가족이었다.

그런 그들이 북성을 흔들 이유는 없었다.

그렇다고 뒤늦게 합류한 백택을 비롯한 옛 봉황회 소속 신들이 북성을 차지하겠다고 흔들 이들도 아니었다.

오히려 이들은 자신이 없어도 북성이 흔들리지 않게 할 것이 분명했다.

"뿌리는 튼튼한데, 나뭇잎이 좀 흔들립니다."

백택.

"이번에 부성주 자리에 오르셨습돠."

둔갑너구리가 속삭이듯 말했다.

"죄송합니다."

그 말을 들은 백택이 정중히 허리를 다시 숙였다.

"재가를 받아야 했는데, 여전히 마음을 잡으시지 못한 듯하여."

"아닙니다. 잘하셨습니다."

그 지랄 맞은 봉황 밑에서 오백 년이 넘게 봉황회를 이끈 백택이었다.

"큰 변동은 없습니다. 삼두일족응 님과 고미호가 북성의 장로로 추대되었습니다."

그 말에 삼두일족응과 고미호가 고개를 숙였다.

"나뭇잎이 흔들린다니 무슨 뜻입니까?"

"북성은 남쪽과 달리, 신과 검사가 하나의 단체라 보시면 됩니다. 물론 그 연결성이 매우 느슨합니다."

"……?"

"흠……, 좀 더 쉽게 말씀을 드리자면 물과 기름이 한 그릇에 담겨 있다 보시면 됩니다. 즉, 검계와 같은 별도의 조직이 없습니다."

"북의 특수성 때문인가요?"

"솔직히 말씀드리자면 외세의 신들 때문입니다."

백택의 목소리에 분노가 담겼다.

"해태 님이 북을 지켜냈지만, 그 과정이 순탄하지만은 않았습니다."

하긴 근현대사에서 북의 행보를 보면 한숨밖에 나오지 않는다.

"옛 소련, 러시아의 쌍두독수리와 중국의 오룡, 그리고 미국의 피닉스의 합의에 따라 중립지역이 되었고, 그들의 뜻에 따라 해태 님의 인간사 직접 개입이 거부되었습니다. 즉, 영역은 인정하되 섣부른 영향력을 제거한 것이지요."

박현의 눈살이 찌푸려졌다.

"굴욕적인 합의였지만 봉황의 욕심을 저지하기 위해 어쩔 수 없이 그 합의를 받아들일 수밖에 없었습니다."

그래서였구나.

해태는 항상 북의 주민들을 슬픈 눈으로 바라보았었는데, 그 이유가 신들의 약조 때문이었을 줄은 몰랐었다.

"초반에는 북도 남처럼 이면이 신과 검계가 양분되어 있었습니다. 그런데 일이 터지고 말았습니다."

"……?"

"6, 25."

"흠."

"신들이 약조할 당시 해태 님은 그들의 공격에 몸이 성치 않으셨습니다. 해서 몸을 수습하기 위해 몇 해 은거에 들어가셨습니다. 그때 중국 오룡과 쌍두독수리의 꾐에 넘어간 북의 인간들이 결국 부추김을 이기지 못하고."

백택은 차마 말을 마무리하지 못했다.

"겨우 해태 님이 다시 수습을 했습니다."

이 땅을 지키기 위해 얼마나 고군분투를 하셨을까, 싶다.

"그 후, 해태 님은 마음을 굳히고 북의 검계를 차근차근 흡수하기 시작했습니다. 직접적인 영향력을 펼칠 수 없더라도 최소한 간접적으로나마 북의 안정화를 꾀하기 위함이었습니다. 그리고 당신의 대에서는 어쩔 수 없다 하여도,

후대에서는 달라질 수 있도록 하기 위함이었습니다.”

백택은 박현은 지그시 쳐다보며 말을 마무리했다.

“신들의 약조는 오로지 해태 님에게만 적용이 됩니다.”

“그 말씀은?”

“약조의 굴레가 사라졌다는 말입니다.”

박현의 눈매가 꿈틀거렸다.

“그래서 나뭇잎이 흔들리는 겁니까?”

백택이 고개를 저었다.

“해태 님의 죽음, 아직 울타리를 벗어나지 않았습니다.”

울타리라 함은 북을 말하는 것이었다.

아니 한반도일 것이다.

용왕 문무 역시 알고 있었으니.

“이런 말씀을 입에 담기 황망하지만 시기가 절묘했습니다.”

“……?”

“해태 님이 돌아가시고, 며칠 후 북의 2대 수령도 죽었습니다.”

“……!”

박현의 눈이 커졌다.

그에 대한 뉴스를 전혀 듣지 못했기 때문이었다.

“언제까지 숨길 수 없으니 조만간 공포할 겁니다.”

"그래서요?"

"새로 수령 자리에 오른 놈이 고심이 큰 모양입니다."

"……?"

"어릴 때 스위스에서 유학을 해서 그런지 사고도 제법 깨어있고, 무엇보다 선대의 유훈을 계승하려 합니다."

"유훈?"

"일본은 백년 숙적, 중국은 천년 숙적."

"…… ."

"하지만 생각보다 쉽지 않을 겁니다."

"……?"

"오랜 시간 고립되었기에 일단 중국의 영향력에서 벗어나는 게 쉽지 않을 겁니다. 오랜 시간 알게 모르게 중국의 영향을 많이 받아왔습니다. 그리고 내부적 문제도 있습니다."

"내부라면. 검계?"

"자칭 조검, 조선의 검계라 칭하는 검사들이 그를 지지하지 않고 있습니다."

"본인의 눈치를 본다는 것입니까?

"눈치라기보다는 의중을 직접 듣고 싶어합니다."

박현은 고개를 끄덕였다.

"북의 검계가 새 수령을 지지하면 좀 더 빠르게 북이 안정화를 찾을 것입니다."

백택은 박현은 지그시 쳐다보며 다시 입을 열었다.

"그리고 검계로 족쇄를 채운 후 새 수령을 수족으로 삼으시지요."

박현은 팔짱을 끼며 고심했다.

"할아버지가 원하셨던 미래는 무엇입니까?"

박현은 백택을 보며 물었다.

"이 땅의 진정한 자유. 바로 그것이었습니다."

"이 땅의 자유라."

생각보다 물려받은 유산의 무게는 무거웠다.

"성주."

백택은 고심하는 박현을 불렀다.

"매정하다 여기지 마시고 제 말씀을 들어주십시오."

박현이 고개를 끄덕이자 백택은 진중하게 입을 열었다.

"유산은 유산일 뿐입니다. 그리고 해태 님의 바람은 그저 바람일 뿐입니다. 앞으로의 길은 해태 님이 걷는 게 아니라 성주께서 걷는 것입니다."

백택은 잠시 한 박자를 쉬었다가 더욱 다부진 목소리로 말했다.

"우리의 성주는 해태 님이 아닙니다. 바로 박현 님이시지요."

박현은 백택을 쳐다보다 고개를 돌려 이 자리에 모인 이들과 하나하나 눈을 마주했다.

무엇 하나 보여준 것이 없는데.

그들은 신뢰 섞인 눈으로 자신을 바라보고 있었다.

할아버지가 참으로 큰 것을 남겨주었다 싶었다.

"새 수령인가 뭔가 하는 이와 조검?"

"북검이든 조검이든 검계든 편하신 대로 부르시면 됩니다."

"그 계주도 부르세요. 일단 조직부터 안정화시킨 후 천천히 고민해봅시다."

"예, 성주."

백택이 복명하자 암별초 낭장 그슨대가 그 자리에서 사라졌다.

북의 자유라.

가장 방해되는 건 중국과 일본이리라.

중국의 오룡과 일본의 두 반(半)룡.

'형님들도 만나봐야겠군.'

용생구자.

그들이 원하는 건 아버지의 복수.

그 복수의 대상에 중국 오룡과 일본의 두 신이 있었다.

해태의 죽음을 방치한 그들에게 실망하고, 한편으로 화가 나 외면했지만 언제까지 외면만 할 수는 없는 법.

그들과 함께라면 할아버지의 유언이 그다지 어렵지는 않을 것이다.

하지만.

천천히, 서두르지 않을 생각이었다.

아직은 자신의 입지가 완벽하지 않으니까.

그리고.

할아버지도 당장 움직이는 것을 원치 않을 것이다.

남긴 말씀처럼 당분간은 인간으로 살아갈 것이다.

당분간은.

인간의 감정이 남아 있을 때까지.

신으로서의 생은 길고 길었으니까.

더불어 못다 푼 숙제도 있지 않은가.

인간의 감정이 유지되는 동안 사랑했던 이의 복수도 해야 하니.

박현은 고개를 들어 하늘을 올려다보았다.

새파란 하늘이 유난히 더욱 파래 보였다.

3장

박현은 앞에 앉은 퉁퉁한 사내를 쳐다보았다.

스스로 북조선이라 부르는 북한.

3대 세습을 이뤄낸 수령, 김정인이었다.

퉁퉁한 것이 아버지보다는 할아버지를 좀 더 닮은 듯했다.

"반드시 인민을 위해 살아가겠습네다."

그는 다부진 목소리로 말했다.

그러나 박현의 무심한 눈빛에 김정인은 잠시 당황하더니 이내 불안한 듯 눈빛이 흔들렸다.

왜냐하면 그의 한마디에 자신의 지위는 물론이요, 목숨

마저 오갈 수 있었기 때문이었다.

"정인이라고 했나?"

"그, 그렇습네다."

김정인은 긴장감을 숨기지 못하고 대답했다.

"허울뿐인 말 말고 지킬 수 있는 것만 말해."

"……."

"오래 살고 싶으면."

박현의 고저 없는 목소리에 김정인은 흠칫거렸다.

"에……, 저……."

박현의 눈매가 서서히 가늘어졌다.

"인민이 굶지 않게 하겠습네다."

김정인은 재빨리 말을 내뱉었다. 하지만 박현의 눈매는 여전했다.

"진짬네다. 가난에서 벗어나게 하겠습네다. 적어도 여성 동무들이 중국에 짐승처럼 팔려나가는 일은 없도록 하겠습네다."

그 말에 남 일처럼 잊고 지나간 기사가 떠올랐다.

살기 위해 북한을 탈출한 북한인들이 중국에서 납치되어 짐승처럼 사고 팔린다는 기사였다.

"적어도 아버지 때처럼 인민들을 사지로 몰지 않겠습니다. 진심입네다."

스위스로 유학을 했다더니, 꽉 막힌 놈은 아닌 듯 보였다.

물론 그거야 시일이 지나봐야 알겠지만, 적어도 겉으로 보이기에는 그리 보였다.

"기간은?"

"기, 기간 말씀입네까?"

김정인이 되물었지만 돌아온 대답은 당연히 없었다.

"5, 5년 안에 반드시 그리 만들겠습네다."

고민은 깊었지만 시간은 짧았다.

"5년이라."

"조검이 도와준다면 가능합네다."

박현의 시선이 그의 곁에 앉아 있는 중년인에게로 향했다.

조선의 검계.

현 북의 검계의 계주였다.

박현은 그를 쳐다보며 손을 휘휘 저었다.

그 몸짓에 김정인의 얼굴이 환해졌다.

승낙을 했기 때문이었다.

"가, 감사합네다."

김정인은 자리에서 벌떡 일어나 허리를 숙였다.

"5년 후에 다시 봤으면 좋겠군."

허리를 펴는 김정인의 몸이 움찔거렸다.

그 말은 방금 한 자신의 말을 지키지 못하면 5년 후에 자신이 죽는다는 의미를 담고 있었기 때문이었다.

"반드시 성주를 다시 뵙겠습네다!"

김정인은 주먹을 꾹 쥐며 당차게 말한 후 밖으로 나갔다.

박현은 그런 김정인의 뒷모습을 별다른 표정 없이 쳐다보았다.

솔직히 살면서 그다지 북한에 대해 생각해본 적이 없었다.

같은 민족.

'우리의 소원은 통일.'이라는 노래는 알고 있었지만, 통일에 대해 그다지 깊게 생각해 본 적은 없었다.

그냥 언젠가 통일해야 하지 않을까?

남들이 생각하는 딱 그 정도였다.

그리고 북한 주민들에 대한 것은 가끔 접하는 자극적인 보도로 인해 그저 안쓰럽다, 불쌍하다 정도였다.

그만큼 북한은 가깝지만 먼 나라였으니까.

'이제는 아닌가?'

나의 땅, 그리고 나의 땅에서 살아가는 이들이 바로 저들이었으니까.

'어렵군.'

인간이 아니기에 어려웠다.

더불어 신들의 중립지역, 북한을 바라보는 이국의 신들
또한 이곳을 주시하고 있으니, 더더욱 그랬다.

"무슨 생각을 그리 하십니까?"

백택이 박현의 복잡한 상념을 깨웠다.

"아닙니다. 아무것도……."

북한에서 살아가는 이들이 인간답게 살아가게 만드는
것.

그래, 일단 이 정도면 되었다.

박현은 생각을 접으며 조검계, 계주 손필성을 쳐다보았
다.

시선이 맞닿자 그 역시도 긴장한 듯 미세하나마 움찔거
렸다.

"손 계주."

"하명하십시오."

"도와줘."

"예, 성주."

손필성 계주는 일말의 망설임 없이 대답했다.

"그리고 말이야."

"……."

"조검계가 흔들린다고?"

"성주께서 남에 계셔서 검사들의 마음이 살짝 흔들린 건 부정할 수 없사오나, 소신이 일체 흔들림 없이 단단히 결속하겠사옵니다."

"사실 말이야. 본인은 북한, 아니 북조선에 대해 잘 몰라. 관심도 없었고."

손필성 계주는 당황한 듯 눈동자가 요동쳤다.

"그리고. 본인은 남에서 아직 못다 한 일이 있어."

"서, 성주."

박현의 말에 그래도 애써 침착함을 보이려던 손필성의 표정이 깨져버렸다.

"손 계주."

"……예."

"그러니 그대가 본인이 없어도 부성주를 도와 북성이 흔들리지 않게 해."

"하오면."

"본인은 다시 남으로 내려간다."

"……."

"발길을 끊는다는 말이 아니니 너무 걱정 말아. 다만 해야 할 일이 있어 자리를 비우는 것일 뿐."

그 말에 손필성 계주는 나직하게 안도의 한숨을 내쉬었다.

하지만 안도의 한숨도 잠시.

"본인은 그대를 믿지 못해."

이어진 박현의 말에 손필성 계주의 눈이 부릅떠졌다.

"……서, 성주."

"지금 본인이 그대와 마주하며 믿는 건 그대의 충심이 아니야. 바로 본인의 힘이지."

"…….."

"어리석어 보이지 않으니 잘 생각해 봐."

박현은 뒷말을 듣지 않으며 자리에서 일어났다.

"바로 가시는 겁니까?

백택의 물음에 박현은 고개를 끄덕였다.

"해야 할 일이 무엇인지 모르나, 너무 이곳을 비우지는 말아주십시오."

"이역만리도 아니고, 일이 생기면 연락 주세요."

"자주 들르시라는 말씀입니다."

"시간이 날 때마다 들르도록 하지요. 그럼."

박현은 그 자리에서 사라졌다.

"……부성주."

박현이 자리를 뜨자 손필성 계주가 곧장 백택을 불렀다.

"왜? 당황스러운가?"

손필성 계주가 고개를 끄덕였다.

"그런데 성주의 말이 틀리지 않았네. 오늘 처음 봤는데 어찌 믿나? 나라도 안 믿어."

"하오면……."

"답은 알지 않나?"

"……."

백택의 말에 손필성 계주가 입을 꾹 닫았다.

"성주께서 얄궂은 숙제를 내주셨군. 허허, 허허허."

백택이 자리에서 일어나자 손필성 계주도 그를 따라 몸을 일으켰다.

"성주가 준 숙제, 열심히 풀어보게."

백택은 손필성 계주의 어깨를 두들기며 방을 나갔다.

* * *

"무슨 사건을 파고 싶기에 실종사건 위주로 보는 거야?"

신동진이 박현이 책상에 엉덩이를 걸치며 물었다.

"인신매매? 아님 장기?"

그 말에 박현은 뻐근한 듯 뒷목을 주무르며 사건 파일을 덮었다.

"일단은 인신매매 쪽으로 보고 있어요."

"인신매매라."

"뭐 아는 거 있어요?"

박현의 질문에, 신동진이 뭔가 고심하는 듯하더니 머뭇거리며 입을 열었다.

"아는 거까지는 아니고. 며칠 전에 동기 놈한테 전화가 왔었어."

"뭔데요?"

"휴우―."

신동진이 한숨을 푹 내쉬었다.

"보통 인신매매하면 뭐가 떠오르냐?"

"새우잡이 배?"

박현의 대답에 신동진은 그럴 줄 알았다는 듯 고개를 끄덕였다.

"다들 그리 생각하지. 그런데 이상한 이야기를 들었어."

"뭔데요?"

신동진이 이 정도로 이야기할 정도면 뭔가 있다는 말이었다.

"염전."

"염전이면 소금밭?"

신동진은 고개를 끄덕였고, 박현은 그 대답에 고개를 갸웃거렸다.

"왜 소금, 거~ 천일염 말이야. 그거 만드는 곳을 염전이라고 하는데. 대부분 그 밭이 섬에 있단다."

그 말에 박현의 눈빛이 반짝였다.

"거기에 일은 새우잡이 배 저리 가라 할 정도고."

"외진 섬에, 일도 중노동이라."

박현은 흥미가 돋자 보던 사건 파일을 덮었다.

"섬이니 도망치기도 어렵겠네요."

"그렇지."

"염전이라."

박현은 미간을 슬쩍 찌푸렸다.

자신이 찾아 헤매는 인신매매 쪽은 아닌 거 같았다.

"근데 골때리는 게 뭔지 아냐?"

"이게 어느 섬 몇 군데에서 행해지는 게 아니란다."

"……?"

"그곳 대부분 염전에서 이뤄진다는 거야."

"대부분 염전에서?"

박현은 엄청난 규모에 입을 쩍 벌렸다.

"그 정도면 소문이 안 나려야 안 날 수가……."

"그놈이 술 마시며 한탄을 하더라."

"……?"

"이상해서 사건 좀 파려 했더니, 살해 협박이 들어왔단
다. 심지어는 동료 형사들도 그러다 다친다며, 조용히 살자

며 협박하고 달래고 쌩지랄을 떨고 있단다."

"그 정도면?"

"그래."

신동진 경사가 고개를 끄덕이며 말을 이어갔다.

"군청이며 경찰이며 검찰이며, 지역유지까지 다 한통속
이라는 거다."

"흠!"

"즉, 공공연한 비밀이라는 거지."

"허어—. 참."

박현은 도저히 믿기지 않는 말에 뭐라 말을 할 수 없었
다.

"시대가 어느 때인데."

"씨발, 나도 이 말을 듣고 나서 어디 쌍팔년도 이야기인
줄 알았다."

"근데 거기가 어딥니까?"

"전남 신인군."

*　　　*　　　*

"그냥 일반인들이 벌인 일이면 편한데……."

둘의 대화를 조용히 듣고 있던 조완희가 말을 거들었다.

"너 뭐 아는 거 있어?"

그 말에 박현이 손짓으로 조완희를 불렀다.

"내가 검수단에서 활동한 건 알지?"

"검수단?"

조완희의 말에 신동진이 되물었다.

"검수단은 검계의 형법 집행 단체 정도로 보면 됩니다. 검찰이나 경찰?"

"아. 거 뭐야, 옛날 포도청 같은 거로구먼."

신동진의 말에 조완희는 고개를 끄덕였다.

"근데 그건 무슨 말이야? 일반인들이면 편하다는 말? 혹시?"

신동진은 조완희의 말에서 뭔가 이상함을 잡아냈다.

"확인해봐야 알겠지만, 보통 이런 사건의 배후에 이면인들이 있을 확률이 크죠."

"흠."

"아무리 이면인들이라고 해도, 어디 뒷골목도 아니고 군이야, 군. 족히 인구가 몇만은 되는. 거기에 검찰하고 경찰까지 넓히면 목포시야."

신동진은 이해가 되지 않는 듯 물었다.

박현 역시 그 부분이 이해가 되지 않았다.

"그 지역 유지, 혹은 그의 자제들이 검계의 검사라면?"

조완희의 말에 신동진의 얼굴이 순간 굳어졌다.

"아니면 말이어야."

서기원이 쏙 엉덩이를 들이밀었다.

"선대에서 이어지는 핏속에 신들의 피가 섞여 있다가 태어난 거라면야?"

"그건 무슨 말이야?"

"왜 있잖아야. 반인반수(伴人半獸)의 옛 이야기들."

"반인반수?"

"흔한 일도 아니지만, 없었던 일도 아니어야."

서기원은 새끼손가락으로 코를 후비며 말을 이어갔다.

"보통 안 알려져서 그렇지, 생각보다 제법 있어야."

서기원은 코딱지를 몽글몽글 말아 툭 튕겼다.

"으씨, 더러운 새끼."

조완희는 옆으로 몸을 피하며 서기원을 째려보았다.

"내가 말이어야. 암행단에 있었잖아야."

"어."

"그때 그런 놈들 제법 잡으러 다녔어야."

"그래도 시대가 어느 때인데. 설마 아직 그런 곳이 있으려고?"

최길성.

"섬이라잖아요. 섬."

비형랑.

"아무리 섬이라도 그렇지."

"고립된 지역이면 말이 되죠."

"꼭 물리적으로 떨어져 있어야 고립이 아니에요. 그런 곳은 의외로 정신적으로 고립되어 있어요. 왜 그런 거 있잖아요, 관습. 마을의 전통 등등."

미랑이 비형랑의 말을 거들었다.

"그런 곳은 여전히 과거에 머물러 있죠. 그들의 상식은 우리의 상식과 달라요."

"흠."

이어진 미랑의 설명에 최길성은 턱을 쓰다듬으며 침음성을 흘렸다.

짝!

박현이 손바닥을 쳐 대화를 끊었다.

"다시 주목."

그 말에 다들 중구난방의 대화를 끊고 박현을 쳐다보았다.

"요지는 이 사건에 이면의 누군가가 개입해 있을 확률이 크다는 거지."

조완희와 서기원이 고개를 끄덕였다.

"그럼 우리가 할 일은?"

"확인해보는 거지."

딱.

박현은 손가락을 탁 튕겼다.

"그럼 조를 나눠볼까?"

"나랑 비형이랑 가지. 오랜만에 바이크 투어도 할 겸."

최길성이 비형랑의 어깨에 손을 턱 얹었다.

"그럼 나는 완희랑 움직이지."

신동진.

"동기 놈 만나서 좀 더 정확한 이야기도 들어볼게. 어때, 괜찮겠어?"

신동진이 묻자 조완희는 고개를 끄덕였다.

"그럼……."

남은 건 이선화와 미랑, 그리고 서기원이었다.

"함께 움직여요."

미랑.

"함께라……."

"쌍쌍, 커플로."

"으메. 그럼 나랑 선화랑 커플이어야?"

서기원이 헤벌레 웃음을 짓자.

탁!

"우왓!"

미랑은 가차 없이 서기원의 뒤통수를 손바닥으로 후려갈
겼다.

"너는 나랑 커플이야."

"안 돼야!"

"너무 격하게 싫어한다, 너."

미랑이 눈초리를 치켜세웠다.

"당연하지야. 내 간 맛없어야. 내 등 꼴 뽑아먹을 건덕지
도 없어야!"

"이 시키!"

서기원의 말에 미랑의 머리카락이 허공에 나풀나풀 흩날
리기 시작했다.

"오냐! 간 내놔라! 도깨비 간 한번 먹어보자!"

"으메! 으메! 깨비 살려야~."

투닥거리는 모습이 의외로 잘 어울렸다.

"선화, 너는?"

"좋아요."

박현의 물음에 이선화는 수줍게 고개를 끄덕였다.

"오케이."

팀이 대략 꾸려지자.

"그럼 각자 알아서 출발하고, 사소한 거라도 발견하면
연락 줘."

"시한은?"

신동진이 물었다.

"그건 각자 알아서 판단하기로 해요."

박현은 자리에서 일어났다.

"우리는 바로 출발하자."

"바로요?"

미랑이 눈을 껌뻑이며 물었다.

"필요한 건 가면서 사."

박현이 나가자 서기원과 미랑, 이선화가 졸졸 뒤를 따랐다.

"그런데 박현 님."

주차장으로 가는 동안 이선화가 박현을 불렀다.

"왜?"

"요즘 인신매매나 장기매매 쪽 사건만 보시는 거 같던데."

박현은 잠시 걸음을 세우며 그녀를 내려다보았다.

"……제가 혹시 실수라도."

"아니야."

박현은 담담히 웃음을 지으며 다시 걸음을 내디뎠다.

"그냥 찾고 싶은 놈이 있어서."

이선화는 담담해 보이는 모습 안에 담긴 분노와 슬픔을 느끼자 입을 꾹 닫았다.

박현은 이선화와 미랑, 서기원이 차에 타자 시동을 걸고 경찰서를 빠져나갔다.

"현아."

막 고속도로로 접어들 때쯤 서기원이 박현을 불렀다.

"어."

"근데 요즘 설린 양이 안 보여야."

며칠 전에 잠깐 얼굴을 비친 후로 다시 그녀가 보이지 않자 궁금한 모양이었다.

"유럽에 갔어."

"유, 유럽이야?"

서기원은 깜짝 놀라 박현을 불렀다.

"누구 좀 찾으라고 내가 보냈어."

"누군데 유럽까지 보내서 찾아야?"

"할머니."

"끙."

박현의 사정을 아는 서기원은 아차 싶어 입을 닫았다.

"뭔데 그래?"

뒷좌석에 함께 탄 미랑이 서기원의 옆구리를 툭 치며 속삭였다.

"알려 하지 말아야. 다쳐야."

서기원이 심드렁하게 대꾸하자.

"우엑!"

미랑은 콧방귀를 뀌며 서기원의 옆구리를 대차게 꼬집었다.

"네가 감히!"

"감히? 감히? 요게 진짜!"

"요게? 너 지금 말 다 했어야? 내가 너랑 짬밥이 같은 줄 알아야?"

"아니면?"

"내가 말이어야. 고 장로랑, 어! 밥도 묵고! 어! 술도 묵고! 어! 다 했어야!"

"너 요즘 범죄와의 전쟁 영화 봤냐?"

미랑이 묻자.

"헙!"

서기원이 깜짝 놀라며 입을 가렸다.

"어찌 알았어야?"

"에라이!"

미랑은 서기원의 명치에 주먹을 퍽 쳐올렸다.

"꾸엑! 나 죽어야!"

서기원은 그 좁은 차 뒷자리에서 떼굴떼굴 굴러다녔다.

"풉!"

그 모습에 이선화가 웃음을 터트렸고, 박현은 피식 실소를 내뱉었다.

그렇게 복작복작거리는 사이, 차는 고속도로를 달려 전남 신안군으로 들어섰다.

"밥부터 먹을까?"

박현은 해변 어디쯤에 위치한 공터에 차를 세웠다.

"이래 보면 말이야, 섬 같지 않아 보여야. 그치야?"

이곳이 섬이라고 느껴지게 한 건 신안군에 들어설 때 지나온 거대한 다리 하나뿐이었다.

"으이구, 이 화상아."

미랑이 서기원의 엉덩이를 툭 차며 박현에게로 다가갔다.

"팀장."

"오면서 검색해 봤는데, 여긴 수사하는 데 만만찮을 것 같아요."

"왜?"

"신안군, 이거 골 때려요."

미랑이 스마트폰을 내밀었다.

"끄응."

신안군 위성 지도를 보자 박현은 앓는 소리가 났다.

그도 그럴 것이 신안군 자체가 크고 작은 수십 개의 섬으로 이뤄져 있기 때문이었다.

"이런 섬들로 들어가면 외지인인 거 금방 탄로 날 거 같은데요."

"이 정도면 인신매매는 둘째치고 살인 나도 어지간해서는 밖으로 소식이 안 전해지겠어."

이선화도 스마트폰을 쳐다보며 말을 거들었다.

"이래 가지고는 수사가 어렵겠군."

결국 수사를 하기 위해서는 각 섬들에 들어가야 하는데, 교통편이라고는 배편뿐이었다. 그리고 유명한 관광지면 모를까 어지간해서는 외지인들이 돌아다닐 일도 없었다.

"그냥 확 사람들 홀려버릴까요?"

미랑.

"그러니까 여우 일족이 어디 가서 욕 먹는 거여야. 잘 좀 해야."

서기원이 미랑의 머리에 꿀밤을 놓았다.

"우씨! 이게!"

"메!"

서기원이 화를 내는 미랑을 향해 혀를 쭉 내밀었다.

미랑이 주먹을 파르르 떨자, 서기원은 재빨리 이선화 뒤에 쏙 숨어버렸다.

"좋은 말 할 때 나와라. 응?"

"싫어야."

"이게 진짜!"

"그만."

박현은 다시 투덕거리는 둘을 말렸다.

"일단 밥부터 먹자."

"근처에서 안 묵어야?"

"일단 타."

박현은 차에 타자 네비로 신인 여객선터미널로 찍었다.

"여객선터미널은 왜야?"

"섬을 오가는 유일한 교통이니까. 그곳 식당에서 분위기 파악부터 하자."

박현은 차를 몰아 여객선터미널로 향했다.

그리고 차를 몰아 간 곳은 여객선터미널 바로 맞은편에 위치한 식당이었다.

"여기 별로 맛나 보이지 않는데야."

서기원은 식당에서 풍기는 냄새를 킁킁 맡으며 시무룩하게 말했다.

"잔말 말고 그냥 들어가, 이 화상아."

미랑은 서기원의 엉덩이를 발로 툭 식당 안으로 밀어넣었다.

식당 안은 식사 시간이 아님에도 군데군데 사람들이 자리를 채우고 있었다.

탁자마다 술병이 하나둘 보이는 것으로 보아 배를 기다리며 한 잔들 하는 모양이었다.

"어서 오세요."

수더분하게 생긴 아줌마가 그들을 맞이했다.

"몇 분이세요?"

주인으로 보이는 아줌마는 박현과 일행들을 쭉 훑었다.

하지만 수더분한 인상과 달리 그 눈빛이 뱀처럼 음산했다. 그리고 박현은 눈빛은 놓치지 않았다.

"4명이요."

그렇게 자리를 잡는데.

"여기 주인아줌마 이상해요."

이선화가 속삭였다.

"카운터 자리 봐봐. 여객선터미널이 훤히 보이지?"

그 말에 이선화가 고개를 끄덕였다.

"보통 식당은 유리창을 가리는데, 여기는 아니야. 이상하지 않아? 밖이 너무나도 잘 보여."

"아!"

그들의 대화는 물을 가져온 주인아줌마로 인해 끊겼다.

"뭐 줄까요?"

그녀의 추천으로 생선구이를 시켰다.

잠시 후, 아줌마가 이내 한 상을 차리며 박현과 그 일행을 쳐다보았다.

"보아하니 낚시꾼도 아니고 데이트 오셨어?"

"아~, 예."

박현은 최대한 순박하게 대답했다.

"여기 뭐가 볼 게 있다고 데이트 오셨어그래?"

그 말에 이선화가 얼굴을 붉혔다.

"천일염이 좋다고 해서 겸사겸사 왔습니다. 온 김에 소금밭도 구경하고 싶어서요."

"그게 뭐가 볼 게 있다고…… 특이한 양반일세."

아줌마는 묘하게 눈을 흘기며 박현과 이선화를 쳐다보았다.

"염전 보려면 섬에 들어가야 하는데."

"그래요?"

아줌마는 묘하게 말을 흐리며 사라졌다.

박현은 대충 두어 술 뜨다가 숟가락을 놓았다.

"어딜 가야?"

"화장실."

박현은 주방 곁으로 이어진 화장실로 향했다.

"총각."

아줌마가 주방 뒤에서 조용히 박현을 불렀다.

"네?"

박현이 대답하자 아줌마가 재빨리 입에 검지를 가져갔다.

"진짜 섬에 들어가고 싶어?"

아줌마의 목소리에 장난기가 가득 실렸다.

"저, 그게."

박현은 쑥스럽다는 듯이 뒷머리를 긁으며 고개를 끄덕였다.

"……저 이왕이면 배편이."

"요거요거. 알고 보니 응큼한 청년일세."

아줌마는 장난스럽게 박현의 옆구리를 쿡 찔렀다.

"왜, 여자친구랑 잘 안 돼?"

"하하, 하하."

"으이구."

"그래서 말입니다. 일단 친구 커플을 꼬셔서 함께 오기는 왔는데, 뭘 어떻게 해야 할지 잘 몰라서."

박현은 그녀의 손에 슬쩍 만 원짜리 지폐 한 장을 움켜쥐어 줬다.

"뭘 이런 걸 다."

아줌마는 얼른 허리춤에 돈을 넣었다.

"이왕이면……."

"알아. 알아. 배편 일찍 끊기는 곳으로?"

"……예."

"민박도 괜찮아?"

박현은 순진한 표정을 지으며 고개를 마구 끄덕였다.

"민박이라 제법 돈이 들 텐데."

"상관없습니다."

박현이 들뜬 목소리로 대답하자.

"총각이 그냥 달아올랐네, 달아올랐어."

박현은 아줌마의 농에 일부러 얼굴을 붉혔다.

"한참 좋을 때다."

아줌마는 씨익 웃더니 속삭이듯 말을 건넸다.

"그럼 장산도로 가. 거기 배편이 하루에 한 번이야. 민박
은 이장님 댁에서 하면 될 거야. 그리고 이장님이 염전도
여럿 가지고 있으니까 구경하고 싶으면 하고."

그 순간 박현의 눈빛이 번뜩였다.

"혹시라도 혼자 함부로 염전에 가거나 하지는 마."

"왜, 왜요?"

"자칫 소금 더렵혀지면 밭 하나 버려야 해. 농사 하나 망
치는 거야. 놀러 와서 서로 얼굴 붉히는 건 좀 그렇잖아."

그 말에 박현은 고개를 연신 끄덕였다.

"하긴 염전이 눈에 들어오겠어?"

"……그래도 봐야겠죠?

"호호호호."

아줌마는 뭐가 그리 좋은지 정신없이 웃음을 터트렸다.

"가 봐. 내가 연락해놓을 테니까."

"네."

"얼른 가. 색시 기다리겠다."

"색시는 아닌……."

"오늘 밤 색시가 되는 거 아냐?"

아줌마는 박현의 엉덩이를 툭 치며 얼른 가라고 손짓을
했다.

"감사합니다."

"나도 땡큐."

아줌마는 지폐를 손가락으로 비비며 윙크를 날렸다.

"예."

박현은 다시 얼굴을 숙인 뒤 몸을 돌렸다.

조금 전 순박하던 표정은 사라지고, 눈빛은 차갑게 식어
있었다.

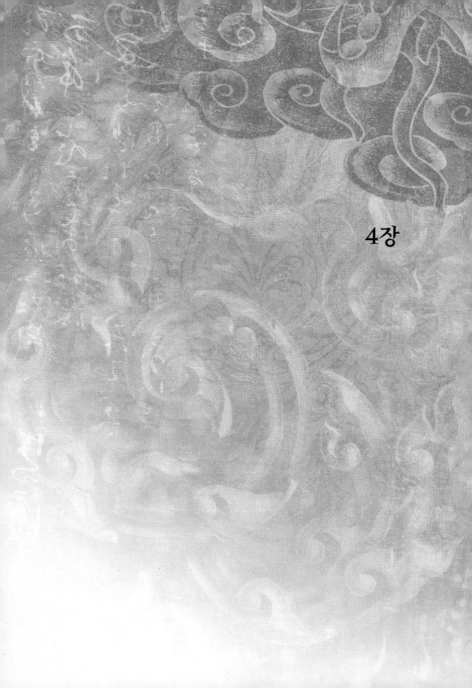

4장

　"뭐여야? 뭐여야?"

　서기원은 차에 타자마자 운전석과 보조석 사이로 얼굴을 빼꼼하게 내밀며 물었다.

　"저 이모 이상해요."

　이선화가 유리창 너머로 자신들을 쳐다보는 식당 주인아줌마를 일견하며 말했다.

　『욕(慾)에 사로잡힌 년이니라. 오장육부에서 썩은 내가 진동을 해.』

　이선화의 어머니가 몸을 반쯤 내밀며 말했다.

　"확실한가?"

박현이 이선화 어머니에게 물었다.

『귀신은 인간들의 내면에서 흘러나오는 썩은 내는 잘 맡지.』

확신에 찬 표정.

"저년 족칠까요?"

미랑이 물었다.

"꼬리 잡자고 몸통을 놓칠 수는 없지."

박현은 고개를 저었다.

"일단 섬으로 가자."

박현은 여객선터미널 주차장에 차를 주차한 후 전화기를 들었다.

"접니다."

《안 그래도 막 전화하려고 했었어.》

최길성.

《신안군 검색해보니까 이거 골 때리던데.》

아마 신안군 지도를 검색해본 모양이었다.

"이 기회에 낚시 한번 해보시죠."

《동생이 잘 모르는 모양인데, 나 낚시도 좋아해.》

"그럼 부탁합니다."

박현은 전화를 끊었다.

"자, 가볼까? 우리를 초대한 곳으로."

박현은 씨익 웃으며 차에서 내렸다.

                    *   *   *

부우웅—

식당 앞 주차장에서 차가 출발하자, 식당 주인아줌마 유영자는 얼른 전화기를 들었다.

"송 이장, 나야 영자."

《또 우리 애 하나 튀었어?》

유영자의 전화를 받은 장산도 이장, 송중근은 짜증 난 목소리로 물었다.

"으응, 그건 아니고."

《그게 아닌데 무슨 일로 전화를 하셨나?》

짜증 섞인 목소리는 이내 능글맞게 변했다.

"내 목소리에 반가워해야 하는 거 아니야?"

유영자는 콧소리를 냈다.

《이런 예뻐 죽을 유 사장. 그래? 어디 일 시킬 놈 있어?》

송중근 이장은 들뜬 목소리로 물었다.

"그건 송 이장이 판단할 문제고."

《그리 말하는 걸 보면 떠돌이 거렁뱅이는 아닌 듯하고. 어떤 놈이야?》

"놈도 맞는데 년도 있어."

《이야! 그럼?》

송중근 사장이 은근한 목소리로 물었다.

"알면서 뭘 물어? 내가 선물로 곱게 포장해서 보냈어."

《오! 어디 덜떨어진 커플인가?》

"호호호."

그의 말에 유영자가 웃음을 터트렸다.

"선물이 하나가 아니라 두 개야. 곱게 포장해서 보냈으니까 알아서 해."

《두 커플?》

송중근 이장은 잠시 말이 없었다.

"왜? 선물이 많아?"

《그럴 리가. <u>흐흐흐흐.</u>》

하지만 그녀의 말에 송중근 이장은 음침한 웃음을 내뱉었다.

《매값이 제법 나갈 거 같으니까 그렇지.》

"흥! 매값 걱정은."

그 말에 유영자는 콧방귀를 꼈다.

"선물이 괜찮으면 돈이나 내놔."

《아이구, 이 사장 돈 욕심은 여전해.》

"이장만 할까."

《넷이면 너무 많은데 좀 싸게 해줄 거지?》

"어림 반 푼어치도 없는 소리 하지 마!"

《알았어, 알았어. 그래도 혹시 몰라서 하는 소린데, 선물 못 받을 수도 있어.》

"시답잖은 소리 말고 끊어."

유영자는 그대로 전화를 끊었다.

"망할 년. 예의가 없어 예의가."

검게 그을린 피부에, 적당히 살집을 가진 중년 사내, 송중근은 유선 전화를 쳐다보며 구시렁거렸다.

이어 전화기를 끊었다가 다시 들며 숫자판을 꾹꾹 눌렀다.

상대편이 전화를 받지 않자, 송중근은 이마를 찌푸리며 다시 숫자판을 눌렀다.

"나다."

《이장님이 어쩐 일로.》

"또 술판이냐?"

《에이, 어찌 맨날 술만 마십니까?》

그렇다면 계집질이다.

섬 서쪽의 무수한 염전 가운데 외딴 가옥이 하나 있다.

공사판 함바집과 비슷한 가옥으로, 그곳에서는 밥도 팔고, 술도 팔고, 여자도 판다.

문제는 그 여자들이 자발적으로 이곳에 온 이들이 아니라는 것이었다.

《이장님. 새로운 년 없어요? 이거 너무 약을 처먹었나. 내가 사람이랑 떡을 치는지 인형이랑 떡을 치는지 모르겠네.》

"이 새끼. 말본새 보소. 야, 인마. 친구 아빠한테 떡을 치니 마니. 네 아버지도 나한테 안 그래."

《흐흐흐.》

"에효—. 정신 차려 인마. 그리고 정안이나 바꿔."

《그게 좀 바쁜…….》

"이 새끼. 파출소장 앉혀놨더니……, 에잉. 잔말 말고 정안이 얼른 바꿔."

잠시 부산한 소리가 수화기 너머로 들렸다.

《어.》

그러더니 귀찮다는 듯한 목소리가 들려왔다.

"어? 이놈이! 아빠가 전화했는데 뭐? 어?"

《아이 씨. 왜?》

"이 시키가 진짜!"

《알았어, 알았어. 뭔데?》

송중근 이장은 부글부글거리는 속을 애서 가라앉혀야 했다.

"오늘 밤에 청년회 놈들이나 소집혀."

《청년회?》

송정안의 목소리가 달라졌다.

"그랴. 유 사장한테 연락 왔어. 남녀 2커플 놀러온단다."

《오! 쌈빡한 년이 왔으면 좋겠는데.》

"휴우―."

송정안의 말에 송중근 이장은 한숨을 푹 내쉬었다.

《알았어. 내 애들 준비해놓을게.》

"사고 칠 생각 말어. 알았냐? 작업 칠 수 있을 만하면 치겠지만, 아니면 그냥 보낼 거야."

《에이, 아빠도 참. 원데이 투데이도 아니고. 알았어.》

뚜― 뚜― 뚜―

"이놈의 시키가."

일방적으로 전화가 끊기자 송중근 이장은 수화기를 쳐다보며 다시 속을 삭여야 했다.

* * *

배에 부딪혀 부서지는 하얀 파도와 그를 감싸는 푸른 바다.

쏴아아아―

탁 트인 망망대해가 가슴을 뻥 뚫었다.

"이래 보면 참으로 평화로운 곳인데."

그러나 그들이 가는 곳은 누군가의 지옥이었다.

평화롭게 바다를 날아다니는 갈매기를 바라보는 박현의 눈매는 어느 때보다 차갑게 가라앉아 있었다.

뿌우—

긴 고동 소리가 울려 퍼졌다.

《아! 아! 십 분 후에 이 배는 마지막 선착장인 장산도, 장산도에 선착합니다. 오늘도 우리 배를 이용해주셔서 감사합니다. 다시 한번 말씀드립니다. 이 배는……》

이어 선내 방송이 흘러나왔다.

"으아! 따분했어야."

서기원이 기지개를 켜며 선실에서 나왔다.

이어 미랑과 이선화도 밖으로 나왔다.

"괜찮아?"

박현은 뱃멀미로 고생한 이선화를 쳐다보았다.

"미랑 씨 덕분에 견딜 만했어요."

"다 왔으니까 좀만 참아."

"네."

저 멀리 점처럼 작던 섬이 서서히 커졌다.

"연기 잘 해라."

"걱정 마요, 호호."

박현의 말에 미랑이 서기원의 팔짱을 꼈다.

"으메! 야가 징그럽게 왜 그래야? 악!"

서기원이 기겁하자 미랑은 눈웃음을 치며 옆구리를 꼬집었다.

"죽고 싶냐?"

미랑의 날 선 눈빛에 서기원은 재빨리 고개를 저었다.

"아니어야."

"잘하자, 응?"

"아, 알았어야. 대신 말이어야."

"……."

"내 간만은 지켜줘……, 악!"

미랑은 그런 서기원의 옆구리를 다시 한번 더 꼬집었다.

"픕!"

"먼저 내리자."

박현은 한숨을 내쉬며 자그만 웃음을 터트리는 이선화를 데리고 배에서 내렸다.

그리고 주변을 훑자, 환갑쯤 되어 보이는 이가 다가왔다.

"혹시 서울에서 온 양반들이오?"

"이장님 되십니까?"

박현이 묻자 그는 사람 좋은 웃음을 지으며 손바닥을 쳤다.

"아이구, 먼 길 오느라 고생했어요."

송중근 이장은 박현과 이선화를 자연스럽게 훑었다.

"짐은?"

박현이 자그만 가방 하나를 들어 보였다.

"단출하네요."

"그게……."

"그럴 수도 있지. 그런데 내가 듣기로는 두 쌍이라고……."

"이제 배에서 내릴 겁니다. 저기 오네요."

박현은 투덜거리며 배에서 내리는 미랑과 서기원을 가리켰다.

"안녕하세요."

미랑은 송중근 이장을 보자 쪼르르 달려와 허리를 숙였다.

그녀의 모습은 순수한 여대생처럼 보였다.

하지만 단추가 풀린 것을 몰랐는지 옷깃이 활짝 열리며 드러난 뽀얀 가슴을 본 송중근의 눈에 한순간 욕정이 가득 차올랐다.

단순히 가슴이 언뜻 보여서가 아니었다.

그녀가 원체 타고난 욕정과 여우 일족이 풍기는 묘한 색기가 맞물리자 걷잡을 수 없을 정도로 색욕이 달아오른 것이었다.

"안녕하시야."

서기원은 멀뚱 서 있다가 미랑이 옆구리를 콕 찌르자 허리를 넙죽 숙였다.

"어이구, 선남선녀들이시네."

송중근 이장은 음욕이 가득한 눈빛을 금세 지우며 사람좋은 웃음을 지었다.

"이리들 와요. 저기 차 대놨어요."

송중근 이장은 1톤 트럭으로 그들을 안내했다.

"미안허요. 내 서울 총각처녀가 올 줄 모르고."

송중근 이장은 미안하다는 듯 머리를 긁적였다.

"아, 아니에요."

미랑이 손사래를 쳤다.

"갑자기 저희가 찾아와서 죄송해요."

"여는 서울이 아닝께, 짐칸에 타요. 어차피 쌩쌩 달릴 도로도 없응께."

"타자. 이럴 때 아니면 언제 타보겠어?"

박현이 짐칸에 훌쩍 올라탄 다음 이선화를 향해 손을 내밀었다.

"타."

"네, 오빠."

이선화는 미리 약속된 호칭을 쓰며 수줍게 박현의 손을 잡았다.

"타야."

"나는 안 도와주냐?"

"으메. 니는 손이 없어야, 발이 없어야."

"사내새끼가."

그리고 서기원과 미랑은 평소처럼 투닥이며 짐칸에 올라탔다.

"그래도 혹시 모르니까 엉덩이 잘 붙이고 앉아요."

"네."

미랑이 소풍 온 아이처럼 들뜬 목소리로 소리치듯 대답했다.

"그럼 출발합니다."

송중근 이장은 트럭을 탕 치며 운전석에 올라탔다.

부르릉—

시동을 걸자 시커먼 연기가 훅 뿜어져 나왔다.

그러더니 이내 트럭이 덜덜거리며 출발했다.

빠른 속도는 아니었지만 제법 시원하고 상쾌한 바람이 그들을 맞이했다.

"흠~♩ 흠흠~♬."

박현은 주변 풍경을 쳐다보며 기분 좋은 콧노래를 불렀다.

콧노래가 희미하게 이장의 귀에 들린 것인지, 송중근 이장은 백미러로 박현을 쳐다보았다. 그렇게 시선이 마주하자 박현은 살짝 고개를 숙여 인사했다. 그러자 이장은 사람 좋은 인상으로 눈웃음으로 화답했다.

《박현 님.》

미랑의 전음.

《바다 냄새랑 섞여서 몰랐는데…….》

박현은 콧노래를 부르며 뒷유리창 너머 송중근 이장의 뒤통수를 쳐다보았다.

《반인반신, 구렁이예요.》

박현의 눈동자에 황금빛이 감돌자, 송중근 이장의 인간의 형상이 무너지며, 인간의 탈 속에 숨겨진 진신(眞身)인 구렁이[1]가 보였다.

*　　　*　　　*

트럭은 해안도로를 굽이굽이 달렸다.

삼십 분가량 달리자 언덕에 제법 으리으리한 2층 저택이 눈에 들어왔다.

송중근 이장은 활짝 열린 차 문으로 트럭을 집어넣었다.

주차공간과 바로 이어지는 마당은 허름한 트럭과 어울리지 않게 제법 근사했다.

"우와!"

미랑은 손뼉을 짝 치며 놀라워했다.

트럭에서 내리던 송중근 이장은 그 감탄에 어깨를 으쓱해 보였다.

"취미 삼아 가꿔요."

송중근 이장은 옷을 탁탁 털며 마당으로 들어섰다.

2층 저택 옆에는 아담한 별채가 있었다.

송중근 이장은 그 별채를 손으로 가리켰다.

"손님방 겸 민박으로 사용하는 곳이에요."

"어머. 아담한 게 예쁘다."

미랑은 서기원의 팔에 종종 매달리며 호들갑을 떨었다.

"험험."

송중근 이장은 미랑을 흘깃 쳐다본 후 헛기침을 내뱉었다.

"이쪽으……."

그가 박현과 일행을 별채로 안내하려 할 때였다.

부우웅—

경찰차가 달려와 섰다.

"아버지."

차 안에서 반듯하게 생긴 송정안이 내렸다.

그를 보자 송중근 이장은 슬쩍 낯을 찌푸렸지만 이내 표정을 풀었다.

"바쁜데 왜 왔어?"

"아버지가 손님 모셨다기에 와봤어요."

"에잉. 그놈의 입들은."

송중근 이장은 나직하게 혀를 찼다.

"아저씨, 저도 왔습니다."

"왔냐?"

이내 운전석에서 경찰복을 입은 송정안의 죽마고우이자 함께 근무하고 있는 곽재욱이 내렸다.

"어머! 경찰 아저씨다!"

미랑이 눈을 초롱초롱하게 떴다.

순수한 얼굴에 색기가 가득 찬 미소를 보자 송정안은 저도 모르게 침을 꿀떡 삼켰다.

그건 비단 그만이 아니었다.

그의 옆에 서 있던 곽재욱마저 멍하니 그녀를 쳐다보고 있었다.

"근데 섬에도 경찰서가 있어요?"

"험험."

미랑의 질문에 겨우 정신을 차린 송정안은 순간 무안함을 감추려 헛기침을 내뱉었다.

"목포경찰서 장산파출소 소장입니다."

"우리 아들이에요."

송정안의 인사에 송중근 이장이 소개를 덧붙였다.

"어머! 그럼 소장님 집?"

송정안은 웃으며 고개를 끄덕였다.

"그럼 이 섬에서 가장 안전한 집이겠네요. 누가 경찰소장님 집을 넘볼까? 안 그래?"

미랑이 이선화의 팔짱을 끼며 묻자 그녀는 얼굴을 붉히며 고개를 끄덕였다.

이선화를 보자 송정안의 눈이 다시 반짝였다.

미랑의 미모에 가려 몰랐는데, 가만 보니 피부가 뽀얀 게 상당히 미인이었다.

마음이 통했는지 송정안과 곽재욱은 짧게 눈빛을 주고받았다.

"그럼 저는 이만. 재미있게 노세요. 사고는 안 됩니다."

송정안은 매너 있게 인사하며 경찰차에 올랐다.

"아버지, 전화 드릴게요."

송정안은 비릿한 미소를 지으며 손으로 전화기 모양을 만들며 흔들었다.

"오냐."

척—

곽재욱도 운전석에 올라타자 둘의 사람 좋던 표정은 금세 지워졌다.

"야! 신분증은?"

"아이, 씨."

곽재욱의 물음에 송정안은 낮게 욕을 내뱉었다.

그러더니.

"그냥 작업 치자! 뭔 일 있겠어?"

"좀 찜찜한데."

"보니까 대학생이나 사회 초년생 같구만. 그리고 있는 집 자식이면 이런 데 왔겠냐? 해외로 튀었겠지."

"이번에 좀 적극적이다."

"ㅎㅎㅎㅎ."

"왜, 벌렁벌렁하냐?"

곽재욱이 어이없어 물었다.

"니는? 아예 침 흘리겠던데."

"그건 맞아. 크크크크."

"ㅎㅎㅎㅎㅎ."

이내 둘은 음탕한 웃음을 터트렸다.

"뭔 일 있겠어? CCTV 지우면 누가 알아?"

"차는?"

"알 게 뭐야? 할망구가 알아서 처리하겠지."

"하긴."

"그럼 작업 치는 거다."

송정안이 곽재욱을 쳐다보며 말했다.

"나는 얼굴 하얀 애."

이선화를 말하는 것이었다.

"웬일로 네가 양보를 다 하냐?"

"새끼야, 보니까 아저씨도 눈이 번들번들하더만. 무르기 없기다."

"에이 쌍."

곽재욱의 말에 송정안이 다시 욕을 삼켰다.

"노친네가 기운도 좋아. 몰라! 먼저 먹는 게 임자지 뭐."

"나는 모른다. 나는 몰라!"

부웅

곽재욱은 노래를 부르듯 말하며 엑셀을 밟았다.

"저녁에 애들이나 모아."

"알았어. 그나저나 아저씨 노났네. 남자새끼들 보니까 힘 좀 쓰게 생겼던데."

곽재욱이 차를 몰며 말했다.

"기운 찬 노인네가 알아서 하겠지. 크크크크."

"알아서 하기는 뭘 알아서 해. 지하실에 툭 던져놓고 우리보고 교육시키라고 하겠지."

"죽든 말든 머리만 쪼사면 돼. 정신이 나가야 우리도 편하지."

목소리에서 귀찮음이 역력한 송정안의 말에 곽재욱이 피식 웃음을 삼켰다.

*   *   *

별채 안은 외관만큼이나 꽤 좋았다.

박현이 방 안을 둘러보며 코끝을 찡그렸다.

방 안 곳곳에 배어 있는 비릿한 특유의 뱀 냄새 때문이었다.

일반인들이라면 바다 비린내에 느낄 수 없을지 몰라도 박현은 달랐다.

아니 박현뿐만 아니라, 서기원과 미랑도 냄새가 가히 좋지 않던지 인상을 슬쩍 찌푸렸다.

"뭔 놈의 구렁이들이 이리도 많은지."

미랑은 조금 전 만난 송정안과 곽재욱을 떠올리며 인상을 더욱 찌푸렸다.

"내가 보기에 구렁이들, 동네 유지 행세 하는 거 보면 여기 터줏대감들인 모양이어야."

서기원이 대충 방바닥에 엉덩이를 깔고 앉으며 말했다.

"하지만 다른 한 놈은 성이 다르던데."

"아마 방계 출신이겠죠."

"방계?"

"출가한 딸을 통해서 피가 이어지는 경우도 있어요."

"……"

"만약 구렁이들이 이 섬에서 몇 대에 걸쳐 살았다면 피가 많이 섞였을 거고, 그러면 성씨는 의미가 없어져요. 중요한 건 성씨가 아니라 일족의 진혈(眞血)이죠."

미랑의 설명에 박현은 고개를 끄덕였다.

"어떻게 될까요? 그놈들 눈빛이 음탕한 걸 보니 오늘 저녁은 그냥 넘어가지 않겠죠?"

"네가 대놓고 색기를 풀풀 날렸는데. 절간의 승려들도 뛰어나오겠어야."

서기원의 콧방귀를 뀌었다.

"네가 잘 몰라서 그러는 모양인데. 우리 여우 일족은 말이야, 없는 욕정을 만들지는 못해. 꾹꾹 숨겨둔 음탕함을 드러내게 할 뿐이지."

미랑이 눈을 흘기며 되받아쳤다.

"쉿! 주인 와요."

이선화가 목소리를 낮췄다.

잠시 후.

"험험. 안에 계시지요?"

송중근 이장의 목소리에 박현이 문을 열고 밖으로 나갔다.

"예, 이장님."

"염전 보러 갈 거예요?"

"……보기는 봐야겠죠?"

박현은 슬쩍 안을 쳐다보며 어색한 모습으로 대답했다.

"허허허. 이거."

송중근 이장은 농 가득한 눈웃음을 지으며 들고 온 옷을 건넸다.

"아무리 구경만 한다 해도 옷이 더러워져요. 좀 낡았지만 깨끗하게 빨았으니까 더럽지는 않아요."

"감사합니다."

"신발은 이 장화 신으면 될 거예요."

송중근 이장은 현관에 놓여 있는 장화 네 켤레를 가리켰다.

"너무 늦으면 보기 힘드니까, 삼십 분 후에 나와요."

"예."

박현은 꾸벅 인사를 한 후 작업복을 챙겨입고 안으로 들어갔다.

덜덜덜덜—

경운기 한 대가 시멘트 도로를 달리고 있었다.

짐칸에 작업복을 입은 박현과 일행들이 앉아 주변 풍광을 쳐다보고 있었다.

"관광지가 아니라서 별로 볼 게 없지요?"

"아니에요. 매일 빌딩들만 보다가 바다도 보고, 나무도 보고, 너무 좋아요."

미랑이 한껏 들뜬 목소리로 대답했다.

"그래 말해 주니 고맙네요."

"근데, 이장님."

미랑이 송중근 이장을 불렀다.

"네."

"온 김에 소금도 살 수 있어요?"

"소금이요?"

"네. 이왕 왔으면 사가야죠."

"흠."

송중근 이장이 잠시 고민하는 모습을 보였다.

"가마로 사 갈 건 아니지요?"

"가마요?"

"왜 한 가마, 두 가마."

"……한 가마에 몇 kg예요?"

"50kg예요."

"으엑!"

송중근 이장의 말에 미랑은 기겁성을 터트렸다.

"허허허."

그 목소리에 송중근 이장은 너털웃음을 내뱉었다.

"딱히 팔 놈은 없고, 갈 때 넉넉히 드릴게요. 물론 비닐봉지예요."

"어머! 감사합니다!"

미랑이 엉덩이를 들썩이며 손바닥을 마구 쳤다.

"감사까지야. 여기에 널린 게 소금인데. 허허허허."

송중근 이장은 끝까지 사람 좋은 웃음을 보이며 경운기를 해변으로 몰았다.

덜컹!

염전이 훤히 보이는 길목에서 송중근 이장이 경운기를 세웠다.

"이게 다예요. 볼 게 없어서 미안하네요."

송중근 이장은 무안하다는 듯 머리를 긁적였다.

사실 염전이라는 게 딱히 구경거리가 되지는 않았다.

반듯하게 나눈 밭과, 그 위에서 열심히 오가며 일하는 인부들이 보였다.

"저건 뭐예요?"

이선화가 염전 중앙에 세워진 통나무집을 가리켰다.

"소금 창고예요. 소금의 물기도 빼고, 저장도 하고. 소금도 비는 피해야죠."

"아!"

이선화가 송중근 이장을 붙잡고 이런저런 이야기를 나눌 때, 박현은 신력으로 안력을 키워 염전 곳곳을 쳐다보았다.

"흠."

이내 나직하게 침음성을 삼켰다.

왜냐하면.

염전 곳곳, 일하는 인부들 사이에 그들을 관리하는 이들이 몇 있었다. 그리고 그들은 하나같이 인간의 탈을 쓴 구렁이들이었다.

"혀, 현아."

서기원도 그들을 파악한 모양이었다.

"이거 이거, 싸움판이 점점 커지네."

박현이 씨익 웃음을 지어 보였다.

*용어

1) 구렁이: 구렁이 인간. 전남 신안군 하의면에서 구전으로 전해져오는 『증조의 죄로 구렁이로 화하는 사람』 설화로, 기백 년 전 전남 나주에서 관리가 하의면으로 왔는데, 어느 날 그가 갑자기 기절을 하며 구렁이로 변했다 한다. 그 이유를 물어보니 증조부의 포악한 성정으로 큰 악행을 저질렀고, 그 죄로 자손들이 구렁이로 태어나게 되었다는 설화다. (출처 : 한국구비문학대계) — 본 소설에서는 이를 바탕으로 각색을 하였다.

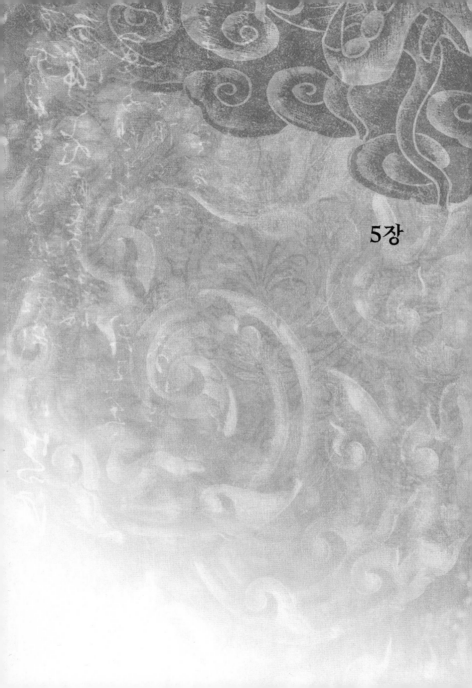

5장

　　송중근 이장의 말처럼 염전은 그다지 볼 게 없었다.

　　도자기로 깔아놓은 밭과, 소금 창고에서 바닥으로 흐르는 간수가 제법 볼거리를 주기는 했지만, 그게 다였다.

　　"보통 간수를 3년쯤 빼는데요잉, 우리는 7년 이상을 뺀당께요. 고거시 말이요잉, 간수를 잘 못 빼면 그건 소금이 아니라 독이랑께."

　　시커멓게 탄 피부의 인부가 순박한 목소리로 소금창고에서 졸졸 흐르는 간수를 가리키며 설명해줬다.

　　박현은 그를 바라보며 속으로 피식 웃음을 삼켰다.

　　그도 그럴 것이, 염전을 지나 이곳으로 오며 마주친 이들

중에 순수한 인간은 없었다.

구렁이들은 교묘하게 인부들을 배치하고, 상황에 따라 다른 밭으로 이동시키며 일제히 접근을 차단해버린 것이었다. 그 과정이 너무나도 자연스러워, 유심히 살피지 않았으면 박현도 모르고 넘어갈 정도였다.

아마 오랜 시간이 흐르면서 자연스럽게 몸에 밴 행동들이었을 것이다.

"생각보다 별 게 없다, 그치?"

미랑의 말에 다들 고개를 끄덕였다.

"그럼 집으로 돌아갈까요?"

조용히 옆에 자리를 지키고 있던 송중근 이장이 말했다.

"네."

미랑이 활기차게 대답하자, 송중근 이장은 다시 그들을 경운기로 안내했다.

그렇게 굽이굽이 섬길을 돌아 다시 이장집으로 돌아왔다.

"저녁은 내 이따 차려줄게요. 쉬고 있어요."

이장은 마당에서 인사하고 돌아섰다.

박현은 별채로 향하며 전화기를 꺼냈다.

'응?'

스마트폰 상단에 안테나는 꺼져 있었고, 그 자리에는 통화권 이탈이라는 글자가 떡하니 적혀 있었다.

박현은 미간을 찌푸리며 스마트폰을 잠시 흔든 뒤 다시 폰을 머리 위로 들어올려 보았다.

하지만 죽은 안테나가 다시 켜지는 일은 없었다.

"아이구, 내가 말 안 했군요."

밖으로 나가려던 이장이 그 모습을 보자 다가왔다.

"여기는 손전화가 안 돼요."

"……?"

"아무래도 섬이고 대부분 늙은이들만 살다 보니. 손전화 쓰려면 그래도 젊은이들이 있는 읍내에 나가야 해요."

송중근 이장은 무안해했다.

"아—."

"전화할 데가 있으면 우리 집 전화기 써요."

박현은 순간 게슴츠레하게 변하는 이장의 눈을 보며 고개를 저었다.

"아, 아뇨. 안 해도 되는 전화라서요."

"혹시나 급한 일이 생길지도 모르니까, 내가 전화기를 마루에 내어놓을게요."

"감사합니다."

박현은 허리를 숙인 후 별채로 들어왔다.

"무슨 일 있어요?"

이선화의 물음에 박현이 스마트폰을 흔들어 보였다.

"……?"

"통화권 이탈."

박현이 조소를 머금으며 이선화의 의아함을 풀어주었다.

"픕!"

스마트폰을 꺼내든 미랑이 웃음을 내뱉었다.

"읍내 나가야 통화가 된단다."

"그럼 여기는?"

"유선 전화."

"이야~, 그 늙은 구렁이가 머리 하나는 잘 썼네."

"그래서 어쩌려구요?"

"어쩌기는? 읍내 나갔다 와야지."

박현은 씨익 웃으며 창문을 넘어 그 자리에서 사라졌다.

이삼 분쯤 달렸을까.

아담한 건물 이십여 채가 옹기종기 모여 있는 읍내가 눈에 들어왔다.

박현은 그중 허름한 건물 옥상에 내려섰다.

스마트폰을 확인하자 안테나가 서너 개가량 떠 있었다.

박현은 즉시, 전화기를 꺼내들었다.

"어디냐?"

《동진 형님 동기분 만나고 있어.》

"일단 그 수사는 동진이 형님 혼자 맡기고, 너는 장산도로 넘어와라."

《장산도?》

"어."

《안 그래도 장산도 이야기가 한참 나오고 있었는데, 용케 찾았나 보다.》

"여기 말도 마라."

《이 형사님이 말하더라고. 아, 이 형사님이 동진이 형님 동기분. 어쨌든 장산도가 문제가 많다고 하더라고.》

"……."

《그런데 장산도랑 그 주변에 두어 섬이 아예 송씨 집성촌이라고 하더라고. 그래서 뭘 하려 해도 할 수가 없단다. 다들 한통속이라서.》

"집성촌이라."

박현은 옥상 난간에서 기대서서 듬성듬성 다니는 이들을 내려다보았다.

오기는 이들 중 열에 하나쯤은 인간의 탈을 쓴 구렁이였다.

"집성촌은 집성촌인 모양이다."

《……?》

"구렁이들 천지다."

《구렁. ……잠깐만.》

아마 조용한 곳으로 가서 통화를 이어가려는 듯 전화기 너머로 부산스러운 소리가 들리더니 이내 잠잠해졌다.

《구렁이라니? 무슨 소리야?》

"무슨 소리기는? 반인반신, 구렁이들이 인간들을 노예로 부리고 있다는 말이지."

《흠―.》

조완희는 침음을 내뱉었다.

《집성촌, 그거 일족인 거지?》

"그래 보여. 내가 본 구렁이만 족히 십여 마리다."

《지금 장산도라고 했지?》

"어."

《송씨들이 살고.》

"맞아."

《거기 장산도 말고, 그 아래 좌산도랑 우산도. 거기가 송씨들 집성촌이야.》

"좌산도랑 우산도도 여기만큼 크나?"

《일단 그건 아니야. 두 섬 합쳐도 장산도보다 작다고 하더라고. 근데, 실질적으로 사람들을 노예처럼 부리는 곳은 좌산도랑 우산도라고 하더라고.》

"좌산도, 우산도라."

《그 두 섬은 제법 커서 염전 꾸리기에 부족함이 없고, 일단 정기적인 배편이 없어.》

끼익—

통화를 하는데 옥상에 제대로 닫혀 있지 않던 녹슨 철문이 열리며 낯선 목소리가 들려왔다.

"아따 못 보던 양반인시. 요로코롬 여기에 있다요잉."

건장한 체격의 사내가 서 있었다.

그 청년도 인간의 탈을 쓴 구렁이였다.

"때깔 보니께 어디서 도망친 아새끼도 아니고잉. 뭐하시는 양반인가 모르겠네."

청년은 혀로 입술을 핥으며 박현을 훑어보았다.

"일단 넘어와."

《야! 야! 지금 배편도 없어.》

"여기 전화 잘 안 되니까 길성이 형님한테 전화해서 함께 넘어와."

《당장 넘어가는 배 없다니까.》

"낚싯배라도 구하든가 알아서 해. 어쨌든 알아서 하고. 손님 기다린다, 끊는다."

《손님? 무슨 손…….》

박현은 전화를 끊으며 청년을 향해 씨익 웃었다.

"안 그래도 궁금한 게 많던 참인데."

박현은 고개를 옆으로 돌려 반쯤 열린 철문을 쳐다보았다.

"누구랑 같이 왔어?"

박현이 친근하게 묻자 청년은 저도 모르게 고개를 저었다.

"그래?"

끼익―

박현은 느긋하게 그를 지나쳐 철문을 열어 복도를 내려다보았다.

아무런 인기척도 느껴지지 않았다.

그래도 혹시 몰라 신기를 슬쩍 일으켜 보이지 않는 곳까지 샅샅이 살핀 후, 철문을 닫은 뒤 걸쇠를 걸어 잠갔다.

"뭐, 뭐여?"

청년이 놀라 눈을 동그랗게 뜨자 박현이 씨익 웃음을 지어 보였다.

"본인이 우리 친구한테 참으로 궁금한 게 많은데."

"이런 씨부럴 놈을 봤을까잉."

처음에는 황당함에 눈을 껌뻑였던 청년이 이내 이죽거리며 소매를 걷어올렸다.

"어째 구린 냄새가 진동을 혀요."

뚜벅뚜벅 걸어가더니 박현의 어깨에 손을 얹었다.

"아그야. 뭐하다 온 놈인지는 몰라도, 죽고 잡냐? 응?"

청년은 박현의 어깨를 바스라트릴 듯 힘을 줬다.

악력을 느낀 박현은 청년의 머리카락을 잡더니 아래로 잡아당기며 발목을 걸어 찼다.

"어억!"

청년은 균형이 무너지며 그래도 바닥에 처박혔다.

박현은 그런 청년의 가슴을 지그시 밟으며 허리를 숙였다.

"일단 이름부터 말해볼까?"

"흐흐흐흐."

청년은 실성한 놈처럼 실실 웃음을 내뱉었다.

"아그야. 니는 지금 실수한 거랑께. 나가 누군지 알란가 몰라."

"홋!"

박현이 실소를 터트리자.

"으흐흐흐흐."

청년은 어깨까지 들썩이며 더욱 크게 웃기 시작했다.

"흐흐흐……스스스스."

그의 웃음은 이내 스산하게 바뀌었다.

이어 그의 눈동자는 노랗게, 아니 탁한 빛을 담고 있어 누렇게 변했다. 그 안에 담겨 있던 동그란 눈동자가 가로로 길게 찢어졌다.

뱀의 눈.

"스스스슷. 나중에 살려 달라 울고 불고 해도 소용없다잉."

청년은 히죽 웃으며 손을 뻗어 박현의 발목을 움켜잡았다. 섬뜩하게 미소 지어진 입술 사이로 갈고 긴 혀가 날름거렸다. 그리고 천천히 그의 얼굴 두상이 변하며 피부에 반들거리는 비늘이 돋아나기 시작했다.

"스하아악!"

청년은 울음을 삼키며 박현의 다리를 타고 올라가 박현의 허리를 꼬리로 감싸며 울음을 터트렸다.

반인반사(伴人伴蛇).

허리 위로는 인간의 모습을 가지고 있었지만, 허리 아래는 뱀의 것을 가지고 있었다.

뱀의 두상을 드러낸 청년은 곧바로 박현의 어깨를 물어갔다.

하지만.

콱!

박현은 청년의 목을 그대로 움켜잡았다.

"구렁이 일족이 이리 생겼군."

박현은 청년의 목을 움켜쥔 채 그의 몸을 훑었다.

『……이면의 잡놈이단가.』

"어린놈이 좀 거시기하다. 건방지게."

『통째로 집어 삼켜버리겠다!』

청년은 크게 입을 쩍 벌리며 박현의 팔을 물으려 했다.

『꺽!』

하지만 박현이 그의 목뼈를 부술 듯 움켜잡자, 청년은 고통에 쩍 벌린 턱이 바르르 떨렸다.

박현은 그런 청년의 얼굴을 가져와 눈을 마주치게 만들었다.

스스스스—

박현의 눈동자에 황금빛이 깃들며, 검은 동공이 위아래로 갈라졌다.

『헉!』

칠흑과도 같은 동공에 청년은 저도 모르게 헛바람을 들이마셨다.

그의 눈동자에 한 마리 흑사가 담기기 시작했다.

"스하아아아—."

청년의 울음보다 더욱 낮고 음산한 울음이 그의 귀를 파고들었다.

『본인이 말이야.』

"꿀꺽!"

거대한 위압감과 살기에 짓눌린 구렁이 청년은 흔들리는 눈동자를 제대로 가늠하지 못하고 시선을 피하려 했다.

하지만 박현이 목을 움켜잡자, 구렁이 청년은 화들짝 다시 박현을 쳐다보며 마른 침을 꿀떡 삼켰다.

『참으로 궁금한 게 많아.』

"……."

『왠지 너라면 대답을 해줄 것 같은데. 그치?』

박현의 물음에 구렁이 청년은 이성과 달리 고개가 끄덕여지고 있었다.

『너 참 착하구나. 대신 말이야.』

"……?"

『고통 없이 죽여줄게.』

"……!"

박현이 긴 혀를 날름거리며 씨익 입꼬리를 말아 올렸다.

*　　*　　*

『쿨럭! 사, 살려…….』

두 눈 가득 공포로 가득 찬 구렁이 청년은 바닥에 피를 칠하며 박현에게서 도망치기 위해 바닥을 기었다. 도망칠 수 없다는 것을 알지만 살고자 하는 본능 때문이었다.

박현은 다리가 잘린 듯 꼬리가 뜯겨나고, 팔 하나가 통째로 찢어진 구렁이 청년을 향해 뚜벅뚜벅 걸어갔다.

그리고는 바로 그의 몸을 차 뒤집었다.

『제발…….』

박현은 그의 목을 발로 지그시 눌렀다.

띠링~

문자 알람 소리가 울렸다.

낚싯배로 간다.

『쿨럭! 끄으으!』

박현이 발아래에서 꿈틀거리는 구렁이 청년을 내려다보며 스마트폰을 다시 주머니로 넣으려는 그때였다.

띠링~

조완희에게서 문자 하나가 더 왔다.

기동대도 합류하기로 했다.

'기동대?'

기동대면 족히 오십에 가까운데, 그들이 다 탈 배가 있나?

아니 그림자만 있으면 되니까, 배 하나로 되나?

쓸데없는 생각이 잠시 머릿속을 스쳐 지나갔다.

'훗.'

박현이 다시 스마트폰을 넣으려 할 때 다시 문자가 날아왔다.

'그냥 한 번에 보내지.'

씨발새끼.

호로새끼.

할 말이 많지만 이만 줄인다.

"흐흐흐흐."

조완희는 음침하게 웃으며 스마트폰을 안주머니에 넣었다.

"급하다면서 뭐해요? 예? 해 지기 전에 돌아오려면 지금 출발해야 한다니까요!"

"예, 예. 갑니다."

조완희는 낚싯배 선장의 재촉에 얼른 배에 올라탔다.

"뭘 한다고 실실 웃고 그래?"

미리 타고 있던 최길성이 물었다.

"지금쯤 약 올라서 방방 뛰고 있겠지?"

"그러니까 누가?"

조완희의 혼잣말에 최길성이 다시 한 번 더 물었다.

"누구긴 누구예요? 이 고생 시킨 망할 놈이죠."

조완희는 눈을 동그랗게 말며 눈웃음을 지었다.

그리고.

빠직!

박현의 이마에 핏줄이 돋아났다.

『제발……. 쿨럭! 사, 살려…….』

"너는 살려달라고 비는 이들을 한 번이라도 살려줬었나?"

콰득!

박현은 그대로 구렁이 청년의 목뼈를 바스러트렸다.

*   *   *

열린 창문을 통해 별채 거실로 들어서자 이선화가 박현을 맞이했다.

"좀 늦으셨네요."

"별일 없었지?"

"네."

이선화가 고개를 끄덕였다.

"구렁이 한 마리 잡고 온다고."

"구렁이야?"

"장산도에 백여 마리, 좌산도와 우산도에 각각 오십여 마리."

"헐~, 많기도 많아야."

서기원뿐만 아니라 이선화와 미랑이도 적잖게 놀란 표정을 지었다.

"휴우―. 그걸 다 언제 때려잡죠?"

미랑이 한숨을 푹 내쉬었다.

"이장이 문제가 아니야."

"……?"

"이 새끼들의 대가리가 이장이 아니다. 다른 놈이 있어."

"네?"

박현의 말에 미랑이 되물었다.

"이장의 할아버지가 이 섬의 진짜 주인이라고 하더군."

"흠."

미랑.

"이거 어디서 많이 본 건데야. 그치, 미랑아?"

서기원이 침음하는 미랑을 쳐다보며 물었다.

"그러게."

미랑이 고개를 끄덕였다.

"둘만 아는 이야기는 그만하고. 알아듣게 설명해."

"이장의 아버지는 없다 하지 않던가요?"

"오래전에 죽었다고 하더군."

"그렇다면 확실하네요."

미랑이 고개를 끄덕였다.

"그냥 쉽게 말하자면 일족으로 탄탄한 요새를 세운 거예요."

"섬이라서?"

"아뇨. 그게 아니라."

미랑은 어떻게 설명을 해야 할지 고민하며 다시 입을 열었다.

"이장의 할아버지가, 자식, 그러니까 이장의 아버지의 피를 재물 삼아 일족의 기치를 바꾼 거예요."

"기치를 바꾸다니?"

"피의 농도를 옅게 만드는 대신, 수를 늘린 거죠. 즉, 일족의 가치를 힘이 아닌 수에 둔 거예요."

"피의 농도를 옅게 하는 대신 수를 늘린다."

"그냥 이렇게 대입하시면 돼요. 이장의 할아버지를 조선 시대에 양반댁 대지주라 하고, 후손들을 지주의 마름이라 하면. 그가 지배하는 땅에서는 절대적 지위를 가지게 되죠.

또한 후손들은 권위를 지켜주는 손과 발인 동시에 자신을 지켜줄 방패이자 칼이죠."

"흠."

박현은 턱을 쓰다듬으며 그녀가 한 말을 곱씹었다.

"또 다른 왕국의 왕이로군."

"맞아요."

"과거에도 이런 일들이 많았던 모양이지?"

"없진 않았죠."

미랑이 한숨을 내쉬었다.

"지금이야, 인간들이 많이 깨어 있지만 조선 시대에는 안 그랬거든요. 가뜩이나 신분 사회였으니."

"조선이라."

"생각처럼 엄청난 규모는 아니에요."

"……?"

"현령이 없는 속현에서 고립된 리(里)나 면(面) 정도 차지하는 게 고작이었어요. 그것만으로도 당시에는 엄청난 것이기는 했지만요."

"그렇군."

"피의 순도를 떨어트리면서 이런 일을 벌이는 짓에는 또 다른 이유도 있어요."

"또 다른 이유?"

"인간과 신의 욕망은 다르니까요."

박현의 반문에 미랑이 고개를 끄덕였다.

"인간이 욕망하는 건 재물, 권력 등이지만 신은 아니죠."

"그럼?"

"천외천으로의 승천(昇天)."

"……."

"그리고, 등선(登仙)."

미랑이 내뱉은 두 단어에 박현의 눈매가 가늘어졌다.

"등선이라."

진정한 하늘의 신이 되는 것.

"등선을 하는 방법은 크게 두 가지로 나뉘죠."

"……?"

"천 년간 도력을 닦아 등선을 하거나. 아니면……."

"악행으로 악신이 되는 거여야."

"악행?"

악신이라는 단어에 박현의 미간에 깊은 골이 패였다.

"동남동녀의 순수한 피."

서기원의 말에 박현의 표정이 일그러졌다.

"순양(巡洋), 순음(純陰). 그저 피를 취함으로 얻을 수 있지야."

"동남동녀의 피를 취해 그 기운을 쌓는 거죠. 그 속도가 도력을 닦는 것보다 훨씬 빠르거든요. 고통스럽지도 않고, 즐거움도 있으니까."

그녀와 서기원의 말이 더해질수록 박현의 눈에 슬금슬금 살기가 맺혔다.

"어쨌든, 동남동녀의 피를 취하면 재앙이 되죠. 재앙에서 힘을 더 쌓으면 승천을 통해 악신이 되고, 등선을 노리는 거죠. 그러기 위해서는 동남동녀를 손쉽게 구해야 하고, 동시에 소문도 나서는 안 돼요."

"그래서 자식을 재물 삼아 후손의 수를 늘리고, 자신만의 철옹성을 지은 건가?"

박현이 묻자 미랑은 고개를 끄덕였다.

"얼마나 많은 아이들이 죽어 나갔을지야……, 에고고!"

서기원이 조용히 눈을 감고 그들을 향해 기도했다.

"곱게 죽여서는 안 되겠군."

박현의 눈에서 은은한 살기가 흘러나왔다.

"이장의 나이를 미뤄보면 족히 이삼백 년은 묵은 구렁이일 거예요. 그 정도면 재앙은 되었을 거고, 승천을 바라겠네요."

"승천?"

"구렁이면 용을 노려볼 법하지야."

박현은 피식 웃음을 삼켰다.

"그리고 네가 말한 재앙, 본인이 알고 있는 그 새끼들과 같나?"

박현은 재앙의 일족을 떠올렸다.

"선천적인 것과 후천적인 것의 차이랄까? 결론은 똑같아 요."

"그렇군."

박현은 고개를 끄덕였다.

"하지만 그렇게 걱정할 건 없어요."

"……?"

"악행으로 재앙을 넘어 승천하기가 그리 쉽지 않아요. 동남동녀가 마르지 않는 샘물도 아니고. 또 아무리 그들의 피가 순혈이라고 해도, 인간의 것. 신의 피와는 다르죠. 더욱이 지독한 한이 피에 스며드니 필시 탁기가 섞일 수밖에 없거든요."

박현은 그녀의 말에 팔짱을 꼈다.

"누구는 도를 닦는 게 좋아서 닦는 줄 아는 아둔하고 어리석은 놈일 뿐이어야."

이야기가 어느 정도 마무리될 때쯤이었다.

"이장이 와요."

이선화가 목소리를 죽이며 말했다.

똑똑.

"안에 있어요?"

이선화의 말이 끝나자 노크 소리와 함께 이장의 목소리가 들려왔다.

"네."

박현은 대답을 하며 자리에서 일어났다.

별채 현관문을 열자 이장이 이 나간 쟁반을 내밀었다.

"우리 며느리가 담근 감주예요. 맛보라고 가져왔어요."

이장은 여전히 푸근한 미소를 보이며 쟁반을 내밀었다.

그를 보자 박현의 눈가가 절로 찌푸려졌다.

"무슨 안 좋은 일이라도……, 컥!"

박현은 그의 목을 그대로 움켜쥐었다.

와장창창창—

쟁반이 바닥으로 떨어지며 감주를 담은 잔들이 부서졌다.

"왜 이러는…… 컥컥, 거예요?"

이장은 박현의 손을 잡고는 발버둥 치며 물었다.

"어지간하면 장단을 맞춰주려 했는데, 짜증이 나서 더는 못 하겠다."

박현의 눈빛이 착 가라앉았다.

"무, 무슨 말을……."

"이 새끼, 끝까지 가면을 쓰기는."

박현은 다리를 끌어당겼다가 이장의 가슴을 발로 찼다.

"으아악!"

이장은 2~3m가량 뒤로 날아가 마당에 처박혔다.

"박현 님."

이선화가 마당으로 나가려는 박현을 조용히 불렀다.

"……?"

"근처에 구렁이 열 마리가……."

애애애앵—

마치 기다렸다는 듯이 경찰차 특유의 사이렌 소리가 울렸다.

"지금 본인 걱정하는 건가?"

박현은 피식 웃으며 밖으로 나갔다.

"아, 아버지!"

이장의 아들 송정안이 경찰차에서 재빠르게 내려 달려왔다.

"이, 이놈들이 그, 글쎄……."

송중근 이장은 허겁지겁 일어나 송정안에게로 달려갔다.

"꼼짝 마!"

이어 경찰차에서 내린 곽재욱이 권총을 겨누며 소리쳤다.

박현은 고개를 돌려 곽재욱을 쳐다보았다.

그와 눈이 마주치는 순간 박현은 그에게로 걸어갔다.

"더 이상 다가오면 쏜다!"

"진짜?"

박현이 물었다.

기세에 밀리지 않겠다는 듯 곽재욱은 해머를 뒤로 꺾었다.

여차하면 권총을 쏘겠다는 뜻.

"어차피 첫 두 발은 공포탄이잖아. 그걸로 죽일 수 있겠어?"

박현이 곽재욱을 쳐다보며 이죽거렸다.

"너, 너 뭐야?"

곽재욱이 머뭇거리는 순간, 박현의 신형이 그 자리에서 사라졌다.

"헙!"

눈 한 번 깜짝일 사이 박현이 자신 앞에 서 있자 곽재욱은 순간 이 상황을 파악하지 못하고 사고가 잠시 멈췄다.

그리고 그게 그의 끝이었다.

퍼석!

박현의 주먹에 곽재욱의 머리가 부서지며 붉은 피가 튀었다.

"섬이라 짜증 났는데……."

박현은 손에 묻은 피를 털며 송중근 이장과 송정안을 쳐다보았다.

"지금은 섬이라 좋군."

"……?"

"아무도 도망을 치지 못할 테니까."

박현은 당황하는 송중근과 송정안을 쳐다보며 히죽 웃음을 드러냈다.

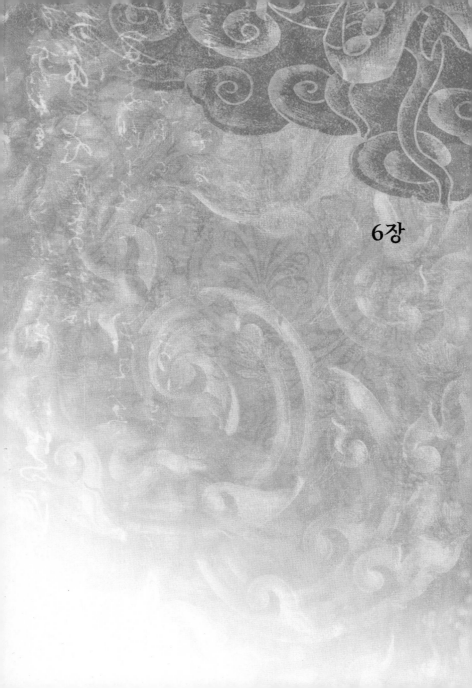

6장

　아들 뒤에서 벌벌 떨던 모습을 보여주던 송중근 이장은 얼굴을 일그러트리며 허리를 곧게 폈다.

　"당신, 일반인이 아니었군요."

　두어 걸음 걸어 나온 송중근 이장은 곽재욱의 머리가 날아갔음에도 여전히 유들유들한 표정을 유지하고 있었다.

　아마도 자신의 힘을 믿어서가 아닐까 싶었다.

　아니면 은밀히 이 주위를 감싸고 있는 일족들을 믿는다거나.

　"검계에서는 어인 일로 오신 겁니까?"

　송중근 이장은 자신을 검계의 검사로 본 모양이었다.

하긴 그가 보여준 건 단순히 축지와 간단한 몸놀림뿐이었고, 신의 기운은 몸속 깊숙이 숨겨놓았기에 어쩌면 당연한 반응일지 몰랐다.

"본인은 검계가 아니야."

"……."

순간이지만 송중근 이장은 당황하는 눈빛을 드러냈다.

"허허허."

하지만 이내 잔웃음을 내뱉었다.

"농담도 참 짓궂게 하십니다."

"진짜야."

박현은 품에서 경찰 신분증을 꺼내 그의 앞으로 툭 던졌다.

"경찰이야."

"경찰이라……. 요즘 검사들이 공직에도 나가는가?"

송중근 이장이 아들에게 물었다.

"그거는 저도 잘."

송정안은 머리를 긁적이며 대답했다.

"그렇지. 하긴 나도 세상 밖이 어떻게 돌아가는지 잘 모르니."

"거참, 쫑알쫑알. 말이 많군."

"이봐요. 검사 양반."

송중근 이장의 유들유들한 표정에 조금은 금이 갔다.

"아무리 검계에서 나왔다 하나 이곳은 우리 일족의 땅입니다."

"그래서?"

"곱게 돌아가고 싶지 않으신가요?"

박현을 바라보는 송중근 이장의 눈매가 가늘어졌다.

"돌려보내기는 할 거고?"

"그야……."

송중근 이장의 입가에 음침한 미소가 그려졌다.

"아니지요."

딱!

송중근 이장이 손가락을 튕겼다.

누군가는 커다란 대문으로, 누군가는 담장 위에, 누군가는 옥상에.

부스럭거리는 소리와 함께 열 명의 청년들이 모습을 드러냈다.

"노는 게 딱 내 스타일이야."

"……?"

송중근 이장이 고개를 갸웃거리는 순간 박현의 신형이 그 자리에서 사라졌다.

이어 박현의 주먹이 눈앞을 가득 채웠다.

"헙!"

송중근 이장은 재빨리 허리를 뒤로 젖혀 주먹을 피했다. 하지만 그의 눈을 다시 가득 채운 건 박현의 발이었다.

"큭!"

송중근 이장은 급히 뒤로 물러나며 신력을 풀었다.

"스츠츠!"

낮고 음습한 울음을 흘리는 송중근 이장의 눈동자가 세로로 가늘어졌다.

『네놈을…….』

길고 가는 혀와 함께 인간의 것이 아닌 목소리가 흘러나왔다.

박현은 피식 웃음을 터트렸다.

기분 나쁘다는 듯 눈가를 찌푸리는 송중근 이장과 눈이 마주치는 순간.

"크하아앙!"

박현은 흑호의 진신을 드러내며 울음을 터트렸다.

『……!』

박현은 한걸음에 송중근 이장에게로 달려들며 손톱을 휘둘렀다.

촤아악—

순간 박현의 울음에 몸이 경직된 탓일까.

송중근 이장은 전과 달리 버벅거리며 뒤로 피했다. 그로 인해 온전히 공격을 피하지 못하고 어깨를 내주고 말았다.

"크하아아앙!"

박현은 어깨를 움켜잡으며 뒤로 물러나는 송중근 이장을 향해 거침없이 달려들며 그의 목을 노리고 다시금 발톱을 휘둘렀다.

서걱!

발톱이 정확하게 목울대를 갈랐다.

"꺽!"

그런데 반쯤 잘려 피가 튀는 목을 움켜잡은 채 뒤로 물러나는 이는 송중근 이장이 아니었다.

바로 그의 아들 송정안이었다.

그리고 그의 등을 잡아 박현의 먹이로 던져준 건 다름 아닌 송중근 이장이었다.

미랑이 말했던 것처럼.

송중근 이장 역시 자신의 아들을 방패로 쓴 것이었다.

"아, 아버…… 꺽! 꺽! ……왜?"

"……."

송중근 이장은 죽어가는 아들에게 눈길조차 주지 않았다.

"이…… 씨발. 꺼억!"

송정안은 원통함이 가득한 눈으로 송중근 이장을 쳐다보며 바닥으로 허물어졌다.

『반신일 줄은 몰랐군.』

두둑 두두둑―

송중근 이장은 인간의 탈을 벗고 진신을 드러냈다.

"스스스슷!"

송중근 이장은 혀를 날름거리며 뾰족한 이빨을 드러냈다.

『뭣들 하느냐! 모조리 죽이지 않고!』

송중근 이장은 잠시 주춤거린 구렁이 일족의 청년들을 쳐다보며 호통쳤다.

그 호통에 구렁이 청년들은 진신을 드러내며 서기원과 미랑, 이선화를 둘러싸기 시작했다.

"호호호호호!"

구렁이들이 다가오자 미랑은 귀기 어린 웃음을 터트리며 여덟 개의 풍성한 꼬리를 드러냈다.

쿵!

"얼른 와야!"

서기원도 씨익 웃으며 철로 만들어진 도깨비방망이를 꺼

내 바닥을 찣었다.

"흡!"

"윽!"

미랑과 서기원이 내뿜는 기운에 기가 눌린 구렁이들은 자연스레 그 둘의 뒤에 숨어 있는 이선화에게로 눈을 돌렸다.

그녀의 목을 잡고 있어야 일단 이 위기를 벗어날 수 있다 여긴 탓일까.

구렁이 하나가 은밀하게 땅을 스치며 이선화의 등을 덮쳤다.

구렁이의 몸통이 그녀의 몸을 휘감으려는 그때였다.

"크르르, 컹!"

그녀의 몸에서 송아지만 한 삼족구가 튀어나와 구렁이의 목을 물어버렸다.

목이 물린 구렁이는 삼족구의 목을 양손으로 조르며 재빨리 몸으로 삼족구의 몸통을 휘감았다.

"크크크— 끙!"

커다란 삼족구의 몸이 서서히 찌부러지려 할 때였다.

"컹컹!"

"컹컹!"

세 마리의 자그만 삼족구가 튀어나와 구렁이의 팔과 몸

곳곳을 물고 늘어졌다.

하지만 이선화를 노린 구렁이는 그 하나뿐이 아니었다.

『이놈들!』

그녀의 몸에서 이선화 어머니와 귀신들이 튀어나와 구렁이를 막아갔지만 그들은 그저 귀신일 뿐이었다.

인간들이면 모를까 신족을 상대하기에는 어불성설이었다.

『꺄아악!』

『키하악!』

귀신들이 구렁이의 손에 하나둘씩 튕겨져 나갈 때였다.

그녀의 자그만 핸드백이 마구 요동치기 시작했다.

그리고.

『이 망할 년아! 니 머리는 폼으로 달고 다니는 거냐? 어? 이년아, 어서 백이나 열어!』

"아!"

『아? 아~? 어서 백이나 열어, 이년아!』

이선화는 얼른 핸드백을 열었다.

그러자 자그만 핸드백에서 검은 그림자가 툭 튀어나왔다.

그 그림자는 바로 무당귀신이었던 욕강이었다.

욕강은 홀로 나오지 않고 커다란 짐짝처럼 생긴 관을 옆구리에 딱 끼고 있었다.

그가 모습을 드러내자 호기롭게 이선화에게 달려들던 구렁이들이 주춤하며 그를 쳐다보았다.

『똥물에 튀겨 죽일까 보다, 이 씨부랄 놈들. 강시 첨 보냐? 앙?』

"……처음인데."

『아우~, 그러세요? 처음 봐서 참으로 좋겠어요~.』

"어. 어……."

순간 당황하는 구렁이들.

『눈깔에서 먹물을 쫙 빨아버릴까 보다.』

"이 새끼가!"

"죽여버리겠어!"

욕강이에게 농락당했다는 것을 뒤늦게 깨달은 구렁이 둘이 살기를 터트렸다.

『지랄하고 자빠졌네. 낄낄낄.』

욕강은 잔망스러운 웃음을 내뱉으며 관짝을 손바닥으로 후려쳤다.

탕!

『망할 새끼야, 밥값 할 시간이다!』

푸쉭—

관짝 뚜껑 사이로 서늘한 기운이 흘러나왔다.

그 기운에 기세 좋게 다시 달려들던 구렁이들은 다시금 움찔거렸다.

서늘한 기운에서 포식자의 기운을 느낀 탓이었다.

쾅!

동시에 관짝이 터지듯 열리며 검고 우람한 발이 툭 걸어 나왔다.

"쿠후우―, 크르르!"

그렇게 모습을 드러낸 건 바로 강시 후였다.

『폼 잡지 말고, 얼른 죽여!』

욕강이 강시 후의 엉덩이를 발로 걷어차며 호기롭게 명령을 내렸다.

"크르르르!"

그러자 강시 후의 살기가 구렁이가 아닌 욕강에게로 넘어갔다.

『끅! 딸꾹!』

그 살기에 욕강이 쉬지도 않을 숨을 들이켜다 딸꾹질을 삼켜야 했다.

『쏴, 쏴리.』

욕강이 뒤로 한 걸음 물러나며 손을 들어 사과했다.

"후야, 부탁해!"

이선화가 간절한 목소리로 부탁했다.

"푸르!"

그 모습에 강시 후는 자신감 넘치게 콧바람을 내뱉으며 다시 구렁이들을 쳐다보았다.

쏴아아아아—

그러자 전과 비교도 할 수 없을 정도로 무거운 기운이 흘러나오기 시작했다.

"푸허어엉!"

강시 후는 거칠게 땅을 헤치며 구렁이들을 향해 달려나갔다.

『저, 저 호로새끼! 내가 어? 먹여주고? 어? 재워주고? 아오~ 생각하면 할수록.』

"스하악!"

뒤늦게 홀로 길길이 날뛰는 강시 후를 향해 한 구렁이가 살기를 들이밀었다.

『이 개잡종놈이, 감히 이 몸을 향해 살기를 일으켜! 앙! 그냥 죽어버렷! 개호로새끼야!』

욕강은 단숨에 구렁이를 향해 달려가 주먹과 쇠로 만들어진 부채를 휘둘렀다.

"후야! 힘내!"

이선화의 응원에 강시 후는 미친 망아지처럼 더욱 거칠게 구렁이들을 찢어발겼다.

단지 강시 후뿐만이 아니었다.

"컹컹컹!"

네 마리의 삼족구도.

"창자를 엮어 줄넘기를 해버릴까 보다! 야뵤오!"

욕강까지.

"편해서 좋은데 좀 거시기 해야."

서기원은 도깨비방망이를 어깨에 걸친 채 중얼거렸다.

"나 좀 무섭다."

미랑.

"강시 후야?"

"아니."

"그럼 욕강이?"

"에게. 저놈?"

미랑은 미친놈처럼 날뛰는 욕강을 쳐다보며 콧방귀를 뀌었다.

"흠. 그럼 삼족구?"

"그럴 리가."

"그럼?"

서기원의 물음에 미랑이 조용히 이선화를 가리켰다.

"얘들아. 살살 죽여! 힘내라, 힘!"

그녀의 손가락 끝에 걸린 이는 순진무구하면서도 발랄하

게 살육을 응원하는 이선화였다.

*　　*　　*

『그럼 이제 죽자.』

박현이 살기를 일으키며 송중근 이장을 쳐다보았다.

믿었던 일족의 청년 전사들은 추풍낙엽처럼 힘 한 번 제대로 쓰지 못하고 죽어 나갔다.

그뿐만이 아니었다.

도깨비와 팔미호는 아예 뒷짐 지고 구경하고 있었고.

무엇보다.

눈앞에 서 있는 검은 호랑이, 흑호.

그가 내뿜는 기세는 숨이 턱턱 막힐 정도였다.

'이대로는 안 돼.'

승산이 없었다.

송중근 이장은 식은땀을 흘리며 눈을 이리저리 굴렸다.

저런 눈빛이면 백이면 백.

『쉽게, 쉽게 가자!』

송중근 이장은 슬금슬금 뒷걸음을 치는가 싶더니 이내 몸을 돌려 빠르게 도망치기 시작했다.

"훗!"

박현은 조소를 머금으며 허공으로 몸을 날렸다.

그런 그의 등 뒤로 커다란 검은 날개가 활짝 펼쳐졌다.

*　　　*　　　*

"슷—, 슷—, 슷—."

송중근 이장은 구렁이라는 특성을 이용해 빠르면서도 교묘하게 도망치며 연신 뒤를 돌아보았다.

흑호의 모습은 보이지 않았다.

그럼에도 끈적하게 달라붙는 불안감 때문에 송중근 이장은 쉼 없이 달리고 또 달렸다.

동네에서 벗어난 송중근 이장은 때로는 산길을, 때로는 바윗길을, 비좁고 칙칙한 토굴을 이용해 읍내에 들어서고 나서야 거친 숨을 내쉬며 허리를 폈다.

"스흐—."

주변에 몇 없던 이들이 이장을 보자 움찔하더니 하나같이 얼굴이 흙빛으로 변한 채 눈도 마주치지 않고 종종걸음으로 사라지기 시작했다.

그건 바로 송중근 이장이 여전히 진체, 반인반신인 구렁이 모습을 하고 있었기 때문이었다.

"배, 백부!"

잠시 후, 스무 명 남짓한 장년인들이 허겁지겁 달려왔다.

"무슨 일 있으십니까?"

그중 송중근 이장과 비슷한 연배로 보이는 이가 물었다.

『읍내에 있는 이들이 전부더냐?』

"그렇습니다만……."

『염전에 나가 있는 이들까지 전부 모아! 어서!』

"배, 백부님. 진정하십시오."

『어서 모아! 시간이 없다!』

"예. 모으겠습니다. 그런데 어떤 연유인지는."

『정안이가 죽었다.』

그 말에 장년 패거리의 우두머리인 곽정호의 얼굴이 굳어졌다.

"자, 장손이 말입니까?"

곽정호의 얼굴이 굳어졌다.

"정호야."

"……."

그가 부르자 순간 곽정호의 눈동자가 흔들렸다.

"재욱이도 죽었다."

"누굽니까!"

분노하던 곽정호가 송중근 이장을 보다가 문득 읍내에 돌았던 말들이 떠올랐다.

"설마. 오늘 외지에서 온······."

그 말에 송중근 이장이 고개를 끄덕였다.

"검계입니까?"

곽정호가 근래 신경을 세웠던, 섬 내부의 일이 외부로 표출되려 했던 일이 떠올랐다.

염전노예.

인신매매.

인간들과 관계되었으니 검계가 나선 것이라 파악했다.

송중근 이장이 고개를 저었다.

"······설마 봉황회?"

『영~ 애들이 갑갑하게 사네. 봉황이 사라진 지가 언젠데.』

"그게 무슨 말씀, ······!"

자연스럽게 대화를 나누던 곽정호의 눈이 부릅떠졌다.

자신과 대화를 나눴던 목소리는 송중근 이장의 것이 아니었기 때문이었다. 또한 자신 앞에 서 있던 송중근 이장의 눈이 바르르 떨리고 있었다.

곽정호는 고개를 위로 들었다.

『섬이라서 그런가? 아니면 세상과 등을 지고 살아서인가. 소식이 어두워.』

하늘에 커다란 날개가 펄럭이고 있었다.

"……."

곽정호는 안력을 돋워 박현의 얼굴을 직시했다.

『봉황이 죽은 지가 언젠데.』

그 말에 곽정호의 눈이 흔들렸다.

"설마……."

반년 전쯤 봉황회가 어수선하다는 것을 알았다.

하지만 자신들의 일이 아니기에, 아니 세상이 어떻게 변하든 자신들과는 상관없기에 그다지 관심을 두지 않았다.

어수선해 봐야 봉황은 봉황이니까.

그의 세상은 변하지 않으리라 여겼으니까.

"믿을 수 없다."

『믿든 말든 상관없지.』

박현은 시선을 돌려 송중근 이장을 내려다보았다.

『만나서 반갑지만, 우리가 정겹게 대화 나눌 사이는 아니잖아. 그렇지?』

『어, 어떻게?』

송중근 이장은 활짝 펼쳐진 날개를 바라보며 믿을 수 없다는 듯 중얼거렸다.

그는 호랑이였다.

그토록 닮고 싶은 묵빛을 담은.

순수한 흑.

악(惡).

그런 그가 날개를 달고 있었다.

날개를 지닌 신조(神鳥)의 일족처럼, 말이다.

"백부님."

『일족을 모두 모아, 어서!』

그 말에 곽정호가 비교적 젊은 구렁이에게 은밀히 눈치를 주었다.

그 구렁이는 조용히 뒤로 빠져나가 가까운 건물로 사라졌다.

그리고 잠시 후.

《아아! 일족의 전사들에게 알린다! 당장 읍내로 모여라! 일족을 살해한 신족이 나타났다! 다시 알린다! 당장 읍내로 모여라! ……》

읍내에 곳곳에 설치된 스피커에서 집결하라는 명령이 흘러나왔다.

그 소리는 마치 메아리처럼 저 멀리까지 울려퍼졌다.

모르긴 몰라도 섬 구석구석까지 스피커를 통해 알려지고 있을 것 같았다.

그 명령 때문이었을까.

아니면 더는 물러설 곳이 없다 여긴 것일까.

"스하악!"

송중근 이장은 다시 기세를 일으키며 울음을 토해냈다.

"스츠츳!"

"스하학!"

그러자 곽정안을 비롯한 구렁이 일족들도 일제히 진신을 드러내며 울음을 터트렸다. 그리고 구렁이답게 몇몇 구렁이들은 벽을 타고 옥상으로 기어올랐다.

그러거나 말거나.

슈하아악! 콱!

박현은 날개를 접고는 송중근 이장을 향해 뚝 떨어지며 날카로운 발톱으로 그의 가슴을 찍어버렸다.

"스하아아악!"

송중근 이장은 고통에 더욱 길고 음산한 울음을 토하며 재빨리 박현의 몸을 꼬리로 에워 감쌌다.

그뿐만이 아니었다.

두세 마리의 구렁이들이 달려들어 박현의 허벅지와 어깨를 물었고, 마치 헝클어진 실타래처럼 박현의 다리와 날개, 몸을 칭칭 감쌌다.

『끌끌끌!』

자신만이면 모를까.

또 자신만큼은 아니어도 묵을 만큼 묵은, 곽재욱을 비롯한 일족의 전사들이 서넛이 박현의 몸을 칭칭 감쌌다.

눈에 당장 보이는 몸통과 꼬리도 누구의 것인지 모를 정도로 꼬여 있었다.

이 정도면 설사 봉황이 와도 풀 수 없을 것이리라.

남은 건 뼈가 으깨지고, 살점이 터지며, 짜부라지며 죽어가는, 고통에 신음하는 박현의 얼굴뿐이었다.

『끌끌끌. 이건 생각하지 못했을 것이다.』

송중근 이장은 몸통과 꼬리에 힘을 더욱 바싹 주며 이죽였다.

『……확실히 대단하군.』

확실히 대단한 압박에 박현도 숨쉬기가 버거운 듯 목소리가 조금은 늘어져 있었다.

『어지간한 놈들은, 후우―, 그냥 터져죽겠어.』

『그건 네놈도 매한가지다!』

송중근 이장이 박현의 목을 잡으며 으르렁거렸다.

『하여튼 약한 놈들은 이래서 문제야.』

박현이 이죽거리자 송중근 이장의 눈가가 파르르 떨렸다.

『우르르 모이면 꼭 지들이 강해지는 줄 착각한단 말이야. 후우―.』

『곧 죽을 놈이!』

박현의 늘어져 가는 숨결에 송중근 이장의 조소를 머금었다.

『후우―. 조금 힘들긴 하군. 그런데 ……왜 본인이, 후우―, 그대의 장단에 맞춰주고 있을까?』

박현은 손을 뻗어 송중근 이장의 뒷목을 잡아당겼다.

『궁금하지 않아?』

박현의 속삭이는 목소리에.

"스스스슷―."

이질적인 숨결이 느껴졌다.

『……!』

그 숨결은 호랑이나 독수리의 것이 아니었다.

스산하고.

음산한.

동류의 숨결.

순간 뭔가 잘못되었다는 게 느껴졌다.

『……!』

터질 듯 터질 듯 단단해지는 박현의 몸이 갑자기 흐물흐물하게 바뀌었다.

뭐라고 해야 할까.

손에 쥐고 있던 풍선이 갑자기 바람이라도 새는 듯 자신의 손을 벗어나는 느낌이라고나 할까?

갑자기 박현의 몸이 스르르 사라지자 당황한 것은 비단 송중근 이장뿐만이 아니었다. 함께 그를 칭칭 감싸고 있던 다른 구렁이들의 얼굴도 당혹감으로 가득 차기 시작했다.

『헙!』

그리고 송중근 이장은 보았다.

세로로 갈라지는 동공.

눈가를 뒤덮어가는 검은빛 비늘.

"츠츠츠츠츳!"

방울뱀의 것처럼 울려퍼지는 울음과 얼굴을 덮어오는 숨결.

'흐, 흑……사?'

도저히 믿을 수 없는 장면에 송중근 이장은 순간 말문이 턱 막혔다.

마치 변검술을 보는 듯했다.

하지만 차이가 있다면 눈 깜짝할 사이에 변하는 변검술과 달리 박현의 얼굴은 느리게 변했다는 점이었다.

상식 밖의 일.

어떻게, 아니 제아무리 신이라고 해도, 호랑이가 되었다가, 독수리가 되었다가, 뱀이 될 수는 없었다.

어떤 신이라고 하여도 피는 하나였으니까.

『귀찮거든.』

『……?』

뜬금없는 말.

아니, 자신에게만 뜬금없었지 박현은 여전히 대화를 이어가고 있었던 것이었다.

『일일이 찾아가 죽이는 거, 생각보다 번거롭거든.』

『서, 설마!』

순간 머릿속이 엉켰다.

박현의 변신으로 대화에 좀처럼 집중하기 어려운 탓이었다.

『꺽!』

어질어질하던 순간 숨통이 탁 막혔다.

저도 모르게 목줄이 죄여졌던 모양이었다.

은밀히, 자신도 모르게.

그래서 머릿속이 엉켰던 모양이었다.

"스하아앗!"

본능적으로 송중근 이장은 살기 위해 박현의 어깨를 물었다.

『구렁이는 독이 없지 않아? 물어봐야 소용없다는 걸 모르는 모양이군.』

송중근 이장은 눈을 올려 박현을 쳐다보았다.

박현은 양손을 활짝 펼쳐 보였다.

『……!』

여전히 숨이 턱턱 막혀오는데.

송중근 이장은 재빨리 목을 더듬으며 만져보았다.

목을 죄는 건 어떤 것도 없었다.

머릿속이 더욱 헝클어지자 몽롱한 기분마저 들었다.

그 순간 송중근 이장의 머릿속을 스치는 것이 하나 있었다.

『독?』

그 순간 박현의 손톱에서 검은 물방울이 맺히더니 아래로 툭 떨어졌다.

『끕!』

그 순간 온몸이 타들어 가는 고통이 느껴졌다.

『꺼억!』

모든 뼈가 부서질 듯한 고통에 몸을 바르르 떨 때였다.

칭칭 감긴 몸통이 요동치기 시작했다.

『끄억!』

『꺼어어―.』

그리고 들려오는 고통에 찬 신음들.

『이, 이 빌어먹을 새……..』

송중근 이장은 이대로 죽을 수 없다는 생각에 손을 뻗어 박현의 목을 움켜쥐었다.

아니 움켜쥐려 했다.

하지만 그 순간 검게 물든 자신의 손을 보고 말았다.

이어 힘이 쭉 빠지며 팔이 아래로 툭 떨어졌다.

몸도 흐물흐물해지며 힘없이 바닥으로 흘러내렸다.

비단 그만이 아니었다.

그를 에워감싸던 일족 모두 자신처럼 바닥으로 축 늘어졌다.

이대로 죽는 것일까?

일족들은 죽은 것일까?

이런 생각이 머릿속에 가득 찰 때였다.

『걱정 마.』

박현이 자신과 눈을 마주치며 말했다.

『……?』

『이대로 그대를 죽일 만큼 본인은 너그럽지 않거든.』

무슨 말을 하려는 것인지 되묻고 싶었지만 입이 열리지 않았다.

그의 생각은 오로지 머릿속에서만 뱅뱅 돌 뿐이었다.

『지옥을 보고 죽어야지. 안 그래?』

박현의 흉포한 미소가 송중근 이장의 눈에 틀어박혔다.

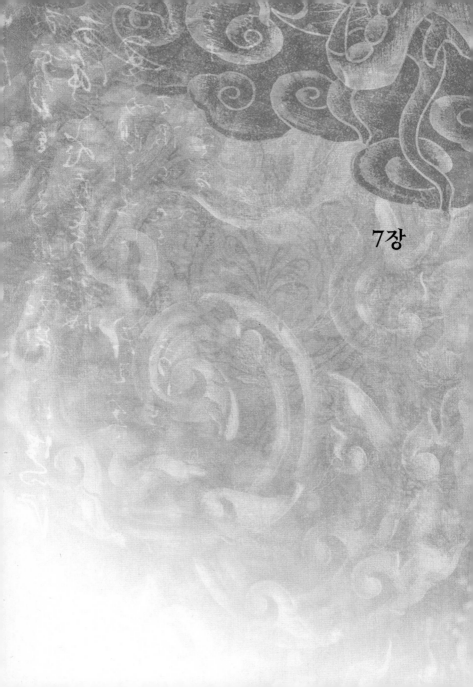

7장

후드득!

우뚝 선 박현의 주위로 송중근 이장을 비롯한 다섯 마리의 구렁이들이 바닥으로 허물어졌다.

『잘 봐.』

박현은 송중근 이장의 가슴을 지그시 밟으며 말을 이어갔다.

『네놈들의 지옥은 이제부터야.』

변한다.

"크르르르!"

뱀의 일족, 흑사에서 다시 검은 호랑이로.

"크하아앙!"

그의 울음이 지축을 흔들었다.

울음만으로 세상을 흔든 검은 호랑이, 흑호는 한 걸음에 벽을 타고 올라가기 시작했다.

"스하아악!"

벽을 타고 있던 구렁이들이 일제히 울음을 터트렸다.

그리고 세 마리의 구렁이가 동시에 입을 쩍 벌리며 박현을 향해 몸을 날렸다.

한 마리는 목, 한 마리는 어깨, 한 마리는 허벅지.

나름 완벽한 합격이었다.

하지만.

'어설퍼!'

제 딴에는 공격한다고 했는데, 기개가 없었다.

살기만 가득한, 그저 살심만 채운 어설픈 공격들이었다.

박현은 어깨를 내줬다.

콱!

어깨 깊숙이 박히는 구렁이의 이빨이 느껴졌다.

제법 고통이 컸다.

하지만 고통만 있을 뿐.

박현은 어깨를 내주고 자신의 목으로 날아오는 구렁이의 목을 그대로 베어버렸다.

날카로운 발톱으로.

서걱!

네 줄기의 상처, 그리고 네 줄기의 핏줄기.

『꺽! 꺼억! 끄르륵!』

구렁이가 목을 움켜잡으며 뒤로 허물어졌다.

박현은 곧바로 시선을 내려 자신의 허벅지를 물어오는 구렁이를 내려다보며 발을 하늘 위로 들어올렸다.

퍼석!

박현은 해머를 내려치듯 구렁이의 머리를 그대로 부숴버렸다.

핏물과 뇌수가 튀는 사이로 맨 처음 어깨를 물었던 구렁이가 꼬리로 몸통을 말아오고 있었다.

툭!

박현은 몸을 죄여오는 구렁이의 몸통 사이로 팔 하나를 끼워 넣었다.

그리고 발톱을 바짝 세우며 어깨를 문 구렁이를 쳐다보았다.

『네놈들은…….』

『……?』

콱!

박현은 구렁이의 몸통에 발톱을 꽂았다.

『흑사로 변할 필요도 없을 정도로 형편없군.』

『……!』

조금 전 보여주던 살기조차 없었다.

무심하리만큼 차가운 박현의 눈빛에 구렁이의 눈동자가 파르르 떨렸다.

『큽!』

그때 몸통에서 지독한 고통이 만들어졌다.

찌지직— 촤악!

그 순간 박현은 그의 몸통을 반으로 찢어버렸다.

『끄아아악!』

몸이 반으로 찢어진 구렁이는 수초간 고통에 찬 단말마를 지르다가 축 늘어졌다.

박현은 몸을 돌려 반대편 건물과 전신주에 올라탄 구렁이들을 쳐다보았다.

"크르!"

박현은 조소를 머금으며 그들을 향해 몸을 날렸다.

이건 싸움이 아니었다.

『으으! 으아아! 사, 살려…….』

방송하러 잠시 자리에서 이탈했던 구렁이가 다시 합류하려다가, 동족의 일방적인 학살을 보자 공포를 이겨내지 못

하고 도망을 치기 시작했다.

그 구렁이는 진신을 이용해 벽을 타고, 전봇대를 타며 재빨리 전장을 벗어나는 듯했다.

하지만 한 줄기 매서운 바람이 그의 등을 베었다.

『꺼억!』

등이 갈라지는 고통에 몸을 뒤집었다.

그의 눈을 가득 채운 건 창대한 날개 한 쌍이었다.

그리고 죽는 순간, 그가 본 마지막은 흑호의 날카로운 발톱이었다.

서걱!

푸학—

핏물이 튀며 잘린 뱀의 머리가 떼구르르 구르다가 툭 멈춘 곳은 송중근 이장의 얼굴 옆이었다.

『……!』

송중근 이장은 눈을 부릅뜬 채 죽은 일족의 머리를 바라보다, 저벅— 귓가로 다가오는 발걸음 소리에 흠칫 몸을 떨었다.

비록 움직일 수 없어도 그는 느낄 수 있었다.

그는 검은 옷을 입은 사신, 죽음을 가져다주는 저승사자였다.

시야에 그의 그림자가 들어오자 송중근 이장은 두려움에 차마 그를 보지 못하고 눈을 질끈 감았다.

'큭!'

목이 조여오자 송중근 이장은 벼락을 맞은 것처럼 몸을 떨었다.

자신을 덮친 공포심에 저도 모르게 눈을 떴다.

박현은 무심한 눈으로 그를 들어 읍내 거리가 훤히 보이는 곳에 앉혔다.

『미안하군.』

박현이 사과했다.

『……?』

그 사과가 갑자기 무섭게 느껴지기 시작했다.

『누워서는 지옥을 볼 수 없었는데.』

물론 못 봤다.

움직일 수 없다 보니 볼 수 있는 건 하늘뿐이었다.

하지만 봐야만 공포를 느낄 수 있는 건 아니었다.

살과 뼈를 갈라지고 몸이 찢어지는 섬뜩한 소리, 그리고 처절하게 울려퍼지는 단말마.

『이제 제대로 보고 느껴봐.』

박현은 허리를 굽혀 송중근 이장의 얼굴을 쳐다보았다.

그리고는 세심하게 그의 고개를 반듯하게 세워주었다.

박현은 그렇게 씨익 웃어주고는 몸을 돌렸다.

차라리 죽고 싶었다.

송중근 이장은 참담함에 눈을 감고 말았다.

『이런!』

안타깝다는 박현의 목소리에 송중근 이장은 눈을 다시
떴다.

『눈을 감을 수 있다는 걸 잊어버렸군.』

박현은 다시 흑사로 변하더니 한 손으로 그의 눈을 치켜
뜨게 했다. 그리고는 다른 손으로 눈두덩을 콕콕 찔렀다.

눈가로 싸한 느낌이 들더니 눈 주변이 마치 돌이 된 것처
럼 딱딱하게 굳어버렸다.

박현은 얼굴을 가져가며 히죽 웃음을 지었다.

『고맙지?』

그리고는 다시 몸을 일으켜 세웠다.

『이번에는 잘 지켜봐.』

박현은 앞으로 뚜벅뚜벅 걸어 나갔다.

퍼석! 퍼석— 퍼석!

박현은 송중근 이장 함께 독에 중독되어 쓰러져있는 구
렁이 셋의 머리를 그대로 밟아 부쉈다.

그때마다 송중근 이장의 눈이 움찔움찔거렸다.

셋의 머리를 모두 부순 박현이 고개를 돌려 씨익 웃으며

손으로 앞을 가리켰다.

박현의 몸이 향한 곳.

그리고 자신의 정면.

그곳으로 일족의 청년들이 우르르 달려오고 있었다.

박현은 송중근 이장을 빤히 쳐다보며 다시 진신을 바꾸었다.

'헙!'

더욱 거대하게.

"쿠허어어어!"

'……흐, 흑우.'

쿵 쿵 쿵 쿵—

거대한 흑우는 아스팔트마저 파헤치며 일족의 청년들을 향해 달려 나갔다.

*   *   *

제주공항.

"흐읍! 후우—."

후드를 깊게 눌러쓴 사내가 입국장에서 나오며 깊게 숨을 들이마셨다가 내쉬었다.

그러더니 이내 미간을 찌푸렸다.

"영 적응이 안 되는 냄새군."

"따거!"

"따거!"

두 명의 청년이 달려와 허리를 반으로 접었다.

사내는 손에 들린 스포츠 백을 마중 나온 청년에게 집어 던지듯 넘겼다.

"이쪽입니다."

마중 나온 청년들은 그를 주차장으로 안내했다.

대형 세단 뒷좌석에 탄 사내는 후드를 벗었다.

후드를 벗고 드러난 그의 목에 뱀 문신이 그려져 있었다.

"일단 숙소로 모시겠습니다!"

"야마구치 구미 쪽은?"

"오늘 저녁에 배로 들어온답니다."

"밀항인가?"

"그런 듯합니다."

그 말을 끝으로 뱀 문신 사내는 뒷좌석에 몸을 파묻으며 유리창을 밑으로 내렸다.

쏴아아아아아—

시원한 바람이 그의 까끌까끌한 스포츠머리를 쓸어 넘겼 다.

제주 특유의 풍경이 눈에 들어왔다.

그리고 바람에 실려 온 특유의 기운이 느껴졌다.

끈적끈적하면서도 거칠기 짝이 없는, 그러면서도 종잡을 수 없이 널뛰는 기운이었다.

"이 땅은 축복을 받은 걸까? 아니면 저주를 받은 걸까?"

대륙, 일개 성에도 못 미칠 정도로 자그맣기 짝이 없는 땅.

보잘것없는 자그만 땅이지만, 자랑스러운 중화는 수천 년 동안 이 땅을 차지하지 못했다.

이 땅에서 흐르는 특유의 기질 때문이었다.

그리고 그 기질을 이끌어내는 기운은 동아시아 어느 곳에서도 볼 수 없는 독특함을 가지고 있었다. 또한 부러울 정도로 어마어마한 기운이 숨을 쉬는 곳이었다.

아니 숨 쉬던 곳이었다.

일본이 기맥을 모두 막아버렸으니까.

아니 날뛴다고 해야 하나?

이 질긴 놈들이 막아버린 쇠말뚝을 하나씩 하나씩 제거하며 기맥을 다시 열고 있으니 말이다.

문제는 듬성듬성 기맥이 열려 예상치 못한 기운들이 종잡을 수 없게 널뛰기하듯 휘몰아친다는 것이었다.

그건 축복이면서도 저주였다.

히죽!

웃음이 흘러나왔다.

그 축복과 저주 때문에 자신이 이 자리에 앉을 수 있었다.

"예?"

"아니야. 운전이나 해."

"예, 따거!"

뱀 문신 사내는 창문을 닫으며 눈을 감았다.

문득, 십여 년 전쯤.

인간인 주제에, 아득바득 달려들었던 녀석.

한 꼬마가 머릿속에 떠올랐다.

'그 녀석만큼 재미있는 녀석이 없었는데.'

가끔 생각이 날 정도였다.

'아쉽지만 죽은 놈은 죽은 놈이니까.'

뭐라고 할까.

한때 좋아했던 장난감 정도?

좋아했지만 부서진 장난감?

그저 한번쯤 생각나는?

'오랜만에 들렸는데 그 꼬마처럼 자신을 재미나게 해줄 놈이 있었으면 좋겠는데. 피 맛이 그립군. 크크크크.'

눈을 감은 그의 입가에 잔혹한 미소가 그려졌다.

　　　　　＊　　　＊　　　＊

그리고 그 꼬마.

촤좍— 차자자작!

『끄아아아악~!』

구렁이를 물어뜯으며 갈기갈기 찢어버렸다.

후드드득!

찢겨진 구렁이의 육신이 바닥으로 떨어져 내렸다.

"크르르르르!"

　박현은 피로 물든 읍내 거리에서 울음을 터트리고 있었
다.

"크하아아아앙!"

　　　　　＊　　　＊　　　＊

　비릿한 피비린내로 가득 찬 거리.

　마치 붉은색 페인트를 뿌린 듯 읍내는 온통 붉게 물들어
있었다.

"휘익—."

　비형랑이 그 광경에 휘파람을 불었다.

"휴우—, 이게 다 뭐냐?"

비릿한 피비린내에 최길성이 코끝을 찡그렸다.

"쯧. 완전히 갈기갈기 다 찢어버렸네."

조완희는 고개를 절레절레 저었다.

"이 새끼, 이거 수습을 어떻게 하려고?"

그러면서 한 마디 덧붙였다.

"국정원에 일단 협조 요청해야지."

"검계에도 넣어야죠. 국정원 하나로는 벅차요."

"검계라."

최길성이 말을 늘렸다.

"용궁에 협조 요청할 수는 없잖아요."

"하긴."

용왕 문무와 박현의 사이는 좀 묘하다.

사이가 딱히 나쁜 건 아닌 거 같은데, 그렇다고 살가운 사이도 아닌? 뭐라 해야 할까, 옆에 있지만 서로 못 본 척한다고 해야 할까?

거기에 비하면 검계와의 사이는 매우 좋은 편이라 할 수 있었다.

"그나저나 이 새끼는 어디에 있는 거야?"

"저기 있다."

조완희의 말에 비형랑이 다방을 손가락으로 가리켰다.

다방 앞에는 반투명한 아기귀신이 방방 뛰며 손을 흔들

고 있었다.

딸랑—

문에 달린 경종이 울렸다.

"오셨어요?"

이선화가 셋을 맞이했다.

"고생이 많다."

최길성이 이선화의 어깨를 토닥였다.

"현이는?"

사실 물어볼 것도 없었다.

박현은 다방 중앙에 앉아 있었다.

"저기, 박현 님 기분이 별로예요."

그때 이선화가 조용히 속삭였다.

셋은 박현이 앉아 있는 곳으로 다가가 앉았다.

자리에 앉자 가장 먼저 눈에 들어온 건 구석에 쓰러져 있는 구렁이 한 마리였다.

그런데 그 모습이 처참하기 짝이 없었다.

두 팔은 모두 찢겨나가 있었고, 몸통도 삼분지 일은 사라져 있었다.

"왜 이렇게 손속이 매워?"

최길성이 눈가를 찌푸리며 물었다.

"여기 실상을 보면……."

박현은 말을 하다 말고 자리에서 일어나 송중근 이장에게로 걸어가더니 그의 가슴을 그대로 밟아버렸다.

콰직!

늑골이 부러지는 소리와 함께 송중근 이장의 몸이 꿈틀거렸다.

최길성이 뭔가 말을 덧붙이려 했지만 박현에게서 뿜어져 나오는 시퍼런 살기에 다시 입을 닫았다.

"……저기."

그때 앳된 여자가 다가왔다.

자연스럽게 최길성과 비형랑, 조완희의 눈이 그녀에게로 향했다.

어울리지 않는 화장을 한 여자는 두꺼운 스웨터를 입고 있었다.

하지만 그 안에 언뜻 보이는 옷은 얇기 그지없었다.

몸을 훑는 최길성의 눈빛에 그녀는 스웨터를 움켜쥐며 불안에 떨었다.

그녀를 바라보는 최길성의 눈매가 가늘어졌다.

"아저씨. 눈빛 좀 죽여요. 무서워하잖아요."

이선화가 나섰다.

"미안. 원래 눈빛이 이래."

"괘, 괜찮아요."

여자는 어색한 웃음을 지었다.

"나이를 보면 마담은 아닌 거 같고, 종업원?"

다시 묻자 그녀는 고개를 끄덕였다.

"마담은?"

최길성이 묻자 여자는 벌벌 떨리는 손으로 카운터 쪽 아래를 가리켰다. 그곳에 여인의 것으로 보이는 다리가 보였다.

바닥에 쓰러져 있는 걸로 봐서 죽은 모양이었다.

《안 그래도 불안해하는데, 더 불안하게 만들지 말고 커피나 시켜요.》

이선화.

"커피로 줘요."

최길성은 최대한 부드러운 목소리로 주문했다.

"세 잔이면 되나요?"

여자는 조완희와 비형랑을 흘깃 쳐다보며 물었다.

"난 쌍화탕."

그때 비형랑의 말이 툭 튀어나왔다.

"노른자 띄워서."

순간 최길성과 이선화가 눈을 치켜 띄우며 비형랑을 째려보았다.

하지만 비형랑은 뭐가 어떠냐며 어깨를 슬쩍 들어 보였
다.

"괘, 괜찮아요. 늘상 하던 건데요."

다방 종업원이 재빨리 주방으로 사라졌다.

최길성은 그런 그녀의 뒷모습을 지켜보다 입을 열었다.

"저 나이에 자발적으로 이곳에 왔을 리 없고."

말을 하는 최길성의 미간에 깊은 주름이 패였다.

"몸에서 마약 냄새도 나고."

일족의 특성상 최길성은 남들이 놓친 냄새를 맡을 수 있
었다.

"취업을 미끼로 들어왔대요. 오자마자 당한 건 마약이
고, 그 다음에는……."

이선화가 어두운 얼굴로 말을 흐렸다.

더 듣지 않아도 알 수 있었다.

이런 섬 다방에서 어디 커피만 팔겠는가.

"휴우—."

조완희가 한숨을 내쉬며 박현을 흘깃 쳐다보았다.

박현이 왜 그답지 않게 잔혹하게 손속을 썼는지 알았다.

바로 가여운 여인들 때문이었을 것이다.

"그뿐만이 아니에요."

이선화가 박현의 눈치를 슬쩍 보며 말을 덧붙였다.

"그래도 여기 다방에 있는 여자들은 그나마 괜찮은 편이
에요."

"……?"

"그나마 인간답게 보이기는 하니까."

마약에 취했어도 어리니까 몸이 버티는 거다.

그런데 속에서는 썩은 내가 진동한다.

정상이 아니라는 말이다.

"염전 밭으로 간 여자들은……."

이선화는 말을 차마 말을 잇지 못했다.

"가축이야."

박현이 씁쓸한 목소리로 말했다.

"그래서? 그 여자들은?"

비형랑이 물었다.

"……."

박현은 입을 열지 않았다.

최길성은 답답한 마음에 이선화를 쳐다보았다.

"……그게."

이선화가 박현의 눈치를 다시 봤다.

"내가 모두 죽였어."

박현이 말을 툭 내뱉었다.

"뭐?"

"……!"

최길성이 저도 모르게 반문했고, 비형랑은 얼굴을 구겼
다.

"너!"

비형랑이 뭐라 말을 하려는데 이선화가 고개를 저었다.

"이미 죽은 목숨이야. 숨만 달려 있는……."

"아니 그래도."

"혼은 깨져 있고, 몸은 성한 곳이 없었다. 살아도 산목숨
이 아니었어."

그 말에 최길성과 비형랑의 얼굴이 굳어졌다.

"완희야."

"그래."

"이 일 끝나면 굿이나 거하게 차려 주라."

천장을 바라보는 박현의 눈빛은 슬펐다.

어떤 마음으로 그녀들의 생을 끊어줬는지 모두 느낄 수
있었다.

잠시 침묵이 이어지는 가운데, 다방 종업원이 커피 두 잔
과 쌍화탕을 가져왔다.

그녀는 뭔가 말을 하려는 듯 입술을 달싹였지만 이내 고
개를 숙여 인사만 한 후 주방으로 사라졌다.

"하나가 아니군."

최길성은 주방 쪽의 시선을 느끼며 말했다.

"저 애가 제일 언니예요."

"저 꼬마가?"

최길성은 기가 막히다는 듯 입을 쩍 벌렸다.

"저분이 스물셋, 그리고 스물하나, 열여덟, 열일곱."

"부모는?"

최길성이 물었다.

"넷 모두 고아예요."

"육지 쪽에 조직이라도 있는 거야?"

비형랑이 거친 목소리로 물었다.

"종종 원정을 간대요."

쾅!

조용히 있던 비형랑은 대충 상황이 머릿속에 그려지자 화를 참지 못하고 탁자를 발로 찼다.

다그라라락—

그로 인해 탁자 위에 놓여 있던 찻잔이 흔들리며 커피와 쌍화차가 쏟아졌다.

"기원이랑 미랑이는? 안 보이네."

일단 분위기를 가라앉힐 필요가 있다 싶어 최길성이 그들을 찾았다.

"염전에서 노예로 살아온 이들을 추스르고 있어요."

"몇이나 돼?"

"이백 명 정도 돼요."

"뭐가 그렇게 많아?"

최길성의 목소리도 거칠어졌다.

"그들은 좀 괜찮아?"

"그들은 그나마 괜찮아요."

그나마라 했다.

절로 한숨이 흘러나왔다.

많아 봐야 수십이라 생각했는데.

근데 이런 섬이 두 개나 더 있다고 한다.

"기동대는 언제 들어오나?"

"어떻게 해서든 오늘 안으로 들어온다고 했어."

박현은 고개를 끄덕이며 최길성을 쳐다보았다.

"형님."

"어, 말해."

"좌산도랑 우산도 부탁합니다."

남은 두 섬.

"그다지 어렵지는 않을 겁니다."

"너는?"

"본인은 목포로 나갑니다."

"목포?"

"목포시장 곽진석. 그놈이 구렁이 일족의 대가리입니다."

"뭐?"

"이놈들 송씨라며?"

조완희가 물었다.

"그놈 송씨 맞아. 그것도 삼백 년 묵은."

"흠."

"일족들은 그를 이장의 할아버지라고 알고 있는데, 아니야. 증조인지 고조인지 이 녀석도 몰라."

"새끼들마저 잡아먹은 모양이군."

"새끼들뿐만이 아니야. 동남동녀의 피도 적잖게 취했어."

박현의 말에 최길성의 얼굴이 구겨졌다.

"그때 적당한 여자애들도 납치해 왔고."

쾅!

그때 비형랑이 자리에서 벌떡 일어나더니 송중근의 배를 후려 찼다.

우당탕탕탕—

송중근 이장은 벽으로 날아가 부딪히고는 탁자와 뒤엉키며 바닥으로 떨어졌다.

"살려만 놔."

박현의 말에 비형랑은 애꿎은 탁자를 발로 걷어차며 다시 자리에 앉았다.

"성이 다르다면 신분세탁이겠군."

조완희가 물었다.

"아마도. 대신할 신분은 넘치고 넘치니까."

"외모야 둔갑술이면 충분할 테고."

최길성이 고개를 끄덕였다.

"어쨌든 부탁 좀 할게."

박현이 자리에서 일어났다.

"바로 가게?"

"이 밤이 지나가기 전에 끝내려고."

"현아."

조완희가 박현을 불렀다.

"목포는 섬이 아니다. 네 마음을 모르는 바는 아니지만, 그래도 적당히 해."

"그래."

박현은 손을 뻗어 송중근 이장의 목을 움켜잡았다.

그리고는 그 자리에서 사라졌다.

"완희야."

"예, 형님."

"나도 화가 나기는 한다만, 저 녀석 도가 지나친데. 이유라도 있는 거야?"

　"그게 말입니다."

　조완희는 박현의 아팠던 과거를 꺼냈다.

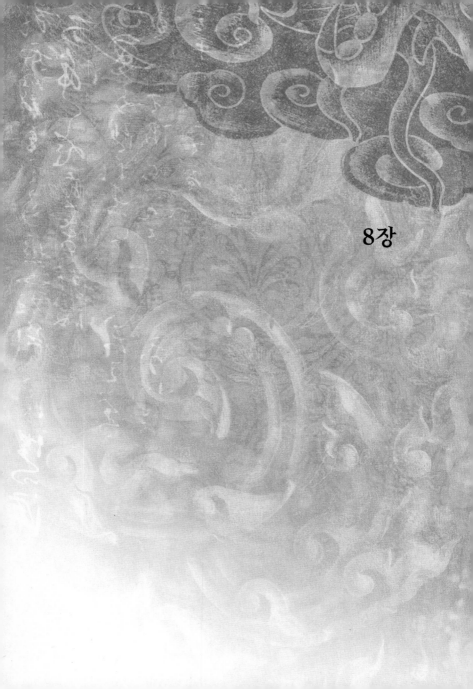

8장

쏴아아아아— 철썩!

칠흑처럼 어두운 밤바다.

파도가 높다 할 수는 없었지만, 새까만 어둠 속에서 들려오는 파도 소리는 실제보다 더욱 크게 느껴질 정도였다.

"혼자 괜찮겠어?"

등 뒤에서 조완희의 목소리가 들려왔다.

"뭐 한다고 왔어?"

"어차피 기동대가 올 때까지는 대기니까."

박현은 밤바다에서 시선을 떼며 고개를 끄덕였다.

"같이 가줄까?"

조완희가 잠시 뜸을 들이다가 물었다.

"웬 보모 노릇이냐?"

"웬? 웬~?"

조완희가 말꼬리를 묘하게 늘어뜨렸다.

"아무리 개구리 올챙이 적 기억을 못 한다지만. 마! 내가 너 이면에 처음 발 들였을 때 고생한 거 기억 안 나냐?"

"대별왕님은 잘 지내시고?"

"갑자기 대별왕님은 왜?"

"그거야 그때 날 돌봐주신 게 대별왕님이니까."

"헐!"

조완희는 어이없다는 듯 턱을 툭 떨어뜨렸다.

"치성에 정성을 다해라."

"험험!"

박현의 말에 조완희는 헛기침으로 무안함을 감췄다.

"잘해, 인마! 하물며 기원이도 안 그런다. 매끼마다 그런 정성을 쏟는데, 네가 대별왕님한테 그러면 안 되지. 안 그러냐?"

박현은 입술을 보란 듯이 말아 올렸다.

펑!

"보니까 안 따라가도 되겠네."

조완희는 그런 박현의 엉덩이를 걷어찼다.

"얼른 다녀와."

박현은 고개를 끄덕이며 송중근 이장을 끌고 물속으로 뛰어들었다.

푸하아악―

바닷속으로 뛰어든 박현은 또 하나의 진신인 검은 잉어로 변해 물살을 빠르게 갈랐다.

*　　　*　　　*

어스름이 깔린 초저녁.

중형 세단이 산기슭에 자리한 한정식 주차장으로 들어섰다.

"도착했습니다, 시장님."

비서의 말에 뒷좌석에 앉아 있던 흰머리가 가득한 사내, 곽진석이 눈을 떴다.

"이제 이 짓도 못 할 짓이군."

곽진석, 정확한 본명이 송세동인 그가 백미러를 통해 비서를 쳐다보았다.

"경진아."

"예, 시장님."

"네가 나이가 몇이지?"

"어떤 나이를 물으시는 건지."

"……."

송세동이 미간을 찌푸리자 곽경진이 화들짝 입을 열었다.

"올해로 백마흔 살입니다."

"나를 따라다닌 게……."

"백 년이 조금 안 됩니다."

"현 신분은?"

"에, 그러니까…… 마흔 넷입니다."

"그렇군."

송세동은 고개를 끄덕였다.

그 모습에 곽경진이 긴장한 듯 마른침을 삼켰다.

"같잖은 시장직이 한 해 남았나?"

"그렇습니다."

"다음부터는 네가 맡아."

"예?"

곽경진은 너무 놀라 저도 모르게 반문했다가 서둘러 입을 닫았다.

"죄송합니다."

그 사과에 송세동은 개의치 않고 입을 열었다.

"일본 놈들 등쌀에 살기 위해 뭍에 나온 게 어언 백 년이야. 나도 이제 쉬어야지. 언제까지 재앙으로 머물 수는 없으니까."

"……."

"이만하면 기반도 다졌다 싶기도 하고."

"장손은 어쩌시고."

송중근.

"그놈은 그릇이 못 돼."

송세동은 콧방귀를 뀌었다.

"정안이도 있습니다."

"쯧쯧."

송세동은 혀를 찼다.

"어째 내 성씨를 가져간 놈들이 다 그 모양 그 꼴인지."

송세동은 곽경진을 쳐다보았다.

"그래도 네 어미를 만난 게 다행이다 싶어."

"재욱이나 애들이 영 변변찮아서."

곽경진은 머쓱해했다.

"조상의 업보인 게지. 그래도 너 하나 건졌으니……. 그러니 내 마음껏 송씨의 피를 태우지 않았느냐."

똑똑.

그때 누군가 창문을 두들겼다.

"여튼 그리 알아."

그 말을 끝으로 송세동은 문을 열고 밖으로 나갔다.

"아이구, 시장님."

그를 보자 허리를 넙죽 숙이는 이는 목포시 국회의원 박원갑이었다.

"저도 왔습니다, 하하하."

그 옆에서 넉살을 떠는 이는 광주지방검찰청 목포지청 지검장 정영식이었다.

"서장은 좀 늦는답니다."

정영식의 말에 송세동은 미간을 찌푸렸다.

"그거 하나 아직 해결 못 하고. 에잉~ 쯧쯧."

"정 안 되면 제가 해결하겠습니다."

목포시에서 큰 건설사를 하는 손계수가 다가와 허리를 넙죽 숙였다.

"오랜만입니다, 어르신."

"이 사람이 지검장 앞에서 못 하는 소리가 없어."

"아이구, 제가 그만."

박원갑 국회의원이 농담조로 타박하자 손계수 사장이 능글맞게 사과했다.

"모든 일에 꼭 공적인 자원을 투입하는 건, 국가 재정적으로 옳지 않지요."

정영식 지검장은 손계수 사장의 어깨를 툭툭 쳤다.

"그런 면에서 손 사장이 참으로 기특해요. 안 그렇습니까, 시장님?"

"시답잖은 말들이랑 말고, 안으로 들어가지."

송세동은 정영식 지검장의 아부에도 아랑곳하지 않고 식당 안으로 걸음을 옮겼다.

안으로 들어가자 그들을 맞이한 건 주인장 내외와 주방장뿐이었다.

"식사 준비는?"

이 자리를 마련한 손계수 사장이 주인을 향해 물었다.

"바로 준비됩니다."

"바로 내오고."

"예."

손계수 사장은 손짓으로 부하 직원을 불렀다.

"아가씨들은?"

"몸단장을 모두 마쳤습니다."

"내가 눈치 주면 준비한 술 가지고 들어오라고 해."

"예, 형님."

"씁."

손계수 사장이 눈을 부라렸다.

"예, 사장님."

"잘 좀 하자. 응?"

"시정하겠습니다."

손계수 사장은 허리를 바싹 숙인 직원의 어깨를 툭 치며 준비된 방으로 들어갔다.

허름한 방에는 그와 그다지 어울리지 않는 고급스러운 식탁과 좌식 의자가 준비되어 있었다.

"손 사장, 얼른 앉아."

국회의원 박원갑이 그를 옆자리에 앉혔다.

"술부터 들이라고 해."

"아이들은 어찌할까요?"

"시장님이 하실 말씀이 있는 모양이야. 일단 그 말 다 듣고 나서 들이지."

"그리하겠습니다."

손계수 사장은 그 말에 일단 준비한 술부터 들였다.

그리고 때를 맞춰 식당 주인 내외가 맛깔스러운 반찬을 차렸다.

"제 잔 받으십시오, 시장님."

손계수 사장은 담금주 뚜껑을 열어 국자로 잔을 채운 후 공손하게 잔을 내밀었다.

"향이 좋군. 산삼인가?"

"어렵게 구한 놈입니다."

손계수 사장은 자신 있게 대답했다.

"다들 잔 채워. 한 잔들 하지."

송세동의 허락이 떨어지자 은근히 입맛을 다시던 정영식 지검장과 박원갑 국회의원은 얼른 잔을 채웠다.

"시장님의 건강을 위하여!"

박원갑 국회의원이 호기롭게 선창을 날렸다.

"위하여!"

"위하여!"

송세동은 건배사에 별다른 반응 없이 잔을 비웠다.

두세 잔 순배가 돌고.

"근데 하실 말씀이 있으시다고……."

박원갑 국회의원이 조심스럽게 입을 뗐다.

"원갑이."

"예, 시장님. 아니 어르신."

박원갑은 송세동의 표정에 얼른 호칭을 바꿨다.

"네가 지금 4선인가?"

"그렇습니다."

"벌써 세월이 그리 흘렀군."

"중간에 한 번 낙선했으니, 벌써 20년째입니다."

박원갑이 머리를 긁적이며 대답했다.

"네놈 머리에도 흰머리가 제법 앉았어."

"벌써 환갑을 바라보고 있습니다."

"그래그래. 그만큼 세월이 흐른 거지."

"그런데 왜 갑자기 그런 말씀을……."

"나 이제 은퇴하려 하네."

"예?"

박원갑의 목소리가 살짝 커졌다.

"그럼 후임은?"

박원갑의 질문에 자리를 함께하고 있던 이들의 눈빛이 반짝였다.

아무래도 지역에서 왕 노릇을 하는 터라 향후 권력의 향방이 궁금한 모양이었다.

"다들 경진이 알지?"

"경진이라면……."

"곽 비서 말씀하시는 겁니까?"

그 말에 다들 눈빛이 반짝거렸다.

"그놈이라면 손발 맞추기 어렵지 않을 거야."

셋은 만족스러운 눈빛으로 짧게 주고받았다.

"그럴 일은 없겠지만 일이 생기면 찾아와."

그 말에 셋의 입가에 활짝 미소가 지어졌다.

"그나저나 이 중차대한 말씀을 하시는데 이 서장은 왜 이렇게 늦어?"

박원갑이 투덜거렸다.

"제가 나중에 한 소리 일러두겠습니다."

정영식 지검장이 얼른 아부성이 짙게 말했다.

드르륵!

그때 여닫이문이 살짝 열리며 이우준 목포경찰서장의 얼굴이 드러났다.

"이 사람, 왜 이리 늦어!"

정영식 지검장은 보란 듯이 그를 나무랐다.

그 순간 송세동의 눈매가 굳어졌다.

그리고 이우준 경찰서장의 몸이 바닥으로 허물어졌다.

"이, 이 서……."

근처에 있던 손계수 사장이 그를 부축하려다가 그 뒤에 서 있는 낯선 사내를 보자 순간 얼굴을 굳혔다.

"누구야?"

손계수 사장은 몸을 일으키며 박현 앞에 섰다.

박현은 아무 말 없이 손계수 사장의 멱살을 잡아 옆으로 집어 던졌다.

"으아악!"

쾅! 콰당탕탕탕!

그의 몸은 마치 솜 인형처럼 벽으로 날아가 부딪히고 바닥으로 떨어졌다.

"어이!"

박현은 송세동을 턱으로 가리켰다.

"네가 송세동……, 아니 곽진석인가?"

"누구냐?"

송세동은 낯을 굳히며 물었다.

"본인?"

박현은 목을 꺾으며 방 안으로 들어갔다.

"그대를 찢어 죽일 저승사자!"

"저승사자?"

"그래, 이 씨발새끼야!"

박현은 그의 앞에 놓인 술잔을 발로 밟아 아작내며 살기를 풀어냈다.

*　　　*　　　*

"너 이 새끼."

벽에 부딪히고 바닥으로 떨어졌던 손계수가 부들부들 몸을 일으켜 세우며 이빨을 드러냈다.

"상기야!"

손계수는 밖에서 대기시켜 놓은 수하를 불렀다.

"그놈 이름이 상기인가?"

"……?"

"불러도 안 와."

"그게 무슨."

도저히 믿을 수 없다는 목소리, 동시에 그가 아무런 제지 없이 방에 들어왔다는 사실을 깨달았다.

"궁금한 건 저승에 가서 만나서 물어봐."

박현은 상 위에 놓인 쇠젓가락 하나를 들어 손계수를 향해 집어던졌다.

퍽!

쇠젓가락은 손계수의 머리를 뚫고 벽에 꽂혔다.

"어? 어어?"

쿵!

손계수는 이상한 고통에 머리를 갸웃거리다가 앞으로 엎어졌다.

바닥에 쓰러진 손계수의 머리 아래로 붉은 피가 피어났다.

"어? 어! 어!"

눈앞에 펼쳐진 살인에 박원갑 국회의원은 사고가 마비된 듯 어버버거렸다.

"이런 미친 새끼를 봤나!"

그래도 검사라고 정영식 지검장은 탁자를 강하게 내려치며 자리에서 일어났다.

"뭐 이런 골통 새끼가 있어. 너 죽을 때까지 콩밥 먹고 싶……."

박현은 조용히 쇠젓가락을 집어 들었다.

그리고 그의 시선이 자신에게 닿자.

정영식 지검장은 주먹으로 목포시를 평정했던 손계수가 방금 어떻게 죽었는지 떠올렸다.

"내, 내가 누군지 아, 알아?"

정영식 지검장은 낯빛이 하얗게 변하며 소리를 질렀다.

조금 전 당당함은 없었다.

그저 살기 위해 눈알을 굴리며 만들어지는 비굴함을 애써 감추려 할 뿐이었다.

박현은 자켓 안으로 손을 넣었다.

정형식 지검장은 스마트폰을 꺼내려는 박현의 행동을 지레짐작하고 몸을 웅크렸다.

하지만 정작 박현은 무심한 눈으로 그를 쳐다보며 어디론가 전화를 걸었다.

"나야. 좀 알아봤나?"

박현은 전화를 들며 정영식 지검장과 박원갑 국회의원을 쳐다보았다.

"야!"

박현은 턱을 틀며 정영식 지검장을 불렀다.

"이름."

박현이 물었다.

하지만 정영식 지검장은 아무 말 없이 박현을 노려볼 뿐이었다.

"콩밥 어쩌고 하는 거 보면 법조계 같은데……. 누구? 정영식?"

박현은 정영식 지검장을 쳐다보며 물었다.

"너 지검장이냐?"

"……."

"표정 보니 맞아. 넌 뭐냐?"

박현은 옆에서 오들오들 떨고 있는 박원갑을 쳐다보았다.

그러다 양복 상의에 국회의원 배지를 보았다.

"한 놈은 국회의원이다."

박현은 쇠젓가락을 바닥에 툭 던지며 옆구리에 든 가죽 주머니로 손을 가져갔다.

"괜찮아. 그리고 배역 하나 마련해."

박현은 가죽 주머니 안을 뒤지더니 권총 하나를 꺼내들었다.

검은빛이 반짝이는 권총을 보자 정영식 지검장과 박원갑 국회의원이 흠칫거렸다.

"소총이 있으면 편하겠는데, 지금 가진 게 권총뿐이야."

철컥!

박현은 전화기를 귀와 어깨 사이에 끼우며 권총 슬라이드를 당겨 장전했다.

"된다고? 상흔이 다르잖아."

박현은 슬쩍 정영석 지검장과 박원갑 국회의원을 흘깃 쳐다보았다.

"오! 오 부장, 능력이 좋아. 그럼 탈영병 하나 준비해줘. 그래."

박현은 전화를 끊으며 권총을 들었다.

"너, 너 뭐하는 새끼인데 시, 시나리오를 짜는 거야?"

대화만으로 대충 감을 잡은 정영식 지검장이 대뜸 소리를 쳤지만 목소리에 힘은 담겨 있지 않았다.

"나?"

"……."

"경찰."

"겨, 경찰?"

정영식 지검장은 황당해하며 그만 어정쩡한 말투로 되물었다.

"그리고 전화 받은 오 부장은 국정원 간부."

답을 하던 박현이 갑자기 얼굴을 일그러뜨렸다.

"아놔. 본인이 왜 이 새끼랑 대화를 하고 있지?"

박현은 어이없어하며 권총을 들어 정영식 지검장의 머리에 겨눴다.

"나, 나! 거, 검사……."

탕!

박현은 허둥지둥 뒷걸음치며 소리를 지르려는 정영식 지검장의 머리를 쏴버렸다.

탕!

그리고 손을 뒤로 뻗어 문지방 쪽에 쓰러져 있는 경찰서장 이우준마저 쏴버렸다.

그런 다음 박원갑 국회의원을 쳐다보았다.

"히익!"

박현과 눈이 마주치자 박원갑은 이리저리 술상에 부딪히며 뒤로 물러났다.

그러다가 곽진석 시장, 그러니까 송세동에게로 허겁지겁 그에게로 기어갔다.

"어, 어르신."

이내 그의 바짓가랑이를 잡고 늘어졌다.

그러거나 말거나, 송세동은 그에게는 일절 시선을 주지 않고, 박현을 빤히 올려다보았다.

"어디서 오셨나?"

송세동은 박현이 이면에 관련되어 있음을 알아차렸다.

"방금 대화를 나눴는데 못 알아들은 모양이군."

박현은 술상에 발을 턱 올리며 그를 내려다보았다.

"경기지방남부경찰청."

그 말에 송세동은 미간을 찡그렸다.

"그거 말고. 진짜로 소속된 곳."

송세동의 반복된 질문에 박현은 피식 웃음을 내뱉었다.

"검계인가? 아니 용궁인가?"

송세동은 고개를 살짝 갸웃거렸다.

그 이유는 손계수 사장을 죽일 때 보인 힘은 분명 평범한 인간의 것이 아니었기 때문이었다. 그런데 그 힘의 원천이 검사(劍士)들의 내력인지, 아니면 신족의 신력인지 분간이 서지 않았다.

"그래도 뭍에 있다고 이 땅이 주인이 바뀐 것은 알고 있나 보군."

송세동의 눈매가 가늘어졌다.

그 이유는 단 하나.

박현이 거리낌 없이 용왕 문무를 입에 담았기 때문이었다.

물론 옛말에 없는 자리에서는 왕도 욕한다고 했다지만.

왠지 그런 이유로 용왕을 가볍게 입에 담은 건 아닌 듯싶었다.

"어, 어르신. 지, 지금 무슨 말씀을……. 아니, 겨, 경찰을 불러……."

박원갑 국회의원은 허둥지둥 말을 내뱉었다.

"꺽!"

그 모습에 박현이 낯을 찌푸리자, 송세동이 손을 뻗어 박원갑 국회의원의 목을 움켜잡았다.

"쫑알쫑알, 시끄럽군."

송세동이 그의 목을 움켜쥔 손에 힘이 바싹 들어갈 때였다.

쐐애애액—

박현은 그의 팔뚝으로 단검을 집어던졌다.

송세동은 박원갑 국회의원을 벽으로 집어던지며 손을 회수했다.

텅!

단검이 벽에 박혀 부르르 떨리는 소리가 둘 사이의 공간에 끼어들었다.

"한 놈 정도는 목격자로 남겨둬야지."

박현은 송세동의 눈에 비친 노기를 지그시 받아주다 박원갑 국회의원을 쳐다보았다.

"어쩌냐?"

"끄으……?"

박원갑 국회의원은 순간 의아한 눈빛을 띠었다.

"네가 모시는 사람이 죽어야, 네가 살 수 있으니까."

"그게 무슨……."

"스하아아악!"

박원갑 국회의원이 어리둥절한 표정을 지을 때, 송세동의 입에서 뱀의 울음이 터져 나왔다.

"……?"

박원갑 국회의원이 눈을 동그랗게 뜨며 송세동을 쳐다보았다.

"헉!"

그의 눈가로 뒤덮여가는 검고 누런 비늘에 박원갑 국회의원이 눈을 부릅떴다.

푹!

그 순간 그의 배를 무언가가 뚫고 지나갔다.

"꺼억!"

박원갑 국회의원은 몸을 바르르 떨며 시선을 아래로 내렸다.

자신의 배를 뚫고 지나간 것은 뱀의 것으로 보이는 꼬리였다.

"꺼어어—."

박원갑 국회의원은 요동치는 눈으로 다시 송세동을 쳐다

보았다.

"……!"

백발이 성성한 송세동의 얼굴은 달라져 있었다.

세로로 찢어진 눈, 그리고 가면처럼 그의 얼굴을 반쯤 덮고 있는 구렁이의 비늘.

"쿨럭!"

그때 입 밖으로 물컹거리는 무언가가 튀어나왔다.

그건 피였다.

멍하니 피를 보고 있는데 그의 눈앞으로 시커먼 무언가가 들어찼다.

퍼석!

그건 송세동의 또 다른 꼬리였다.

『보는 눈은 적으면 적을수록 좋네.』

"이 새끼, 역시나 마음에 안 들어."

박현은 목을 우드득 꺾었다.

『혼자 오셨는가?』

송세동은 혀를 날름거리며 물었다.

"뭘 물어? 이미 다 파악했을 거면서."

『그래도 노파심에 물어본 걸세.』

주변에 아무도 없다는 것을 파악한 송세동이 히죽 웃음을 지었다.

『나이를 먹으면 조심성이 커지거든.』

"홋."

그 말에 박현이 피식 웃음을 삼켰다.

『그리 웃지 마시게. 내가 웃고 있어도 웃는 게 아니야, 지금.』

"스스스슷—."

송세동의 등 뒤로 꼬리 두 개가 바싹 솟아올랐다.

그의 몸에서 살기가 지그시 흘러나왔다.

분노를 느낄 수 있었다.

그런데 선뜻 손을 쓰지 않았다.

"거 참, 엄청 몸 사리네."

박현은 발로 술상을 툭툭 차 구석으로 밀었다.

『사려야지. 그래야 오래 살 거 아닌가?』

"……."

『그러니 이렇게 분노를 참고 있는 것이고.』

송세동의 눈은 번들번들거렸다.

"세상 물을 먹어서 그런가, 섬에 있는 놈들과 다르네."

송세동의 살기가 거칠어졌다가 이내 사그라졌다.

『……무슨 말을 하는 겐가?』

"뭘 또 모른 척하고 그러나."

박현이 입술 사이로 하얀 이를 드러냈다.

『설마?』

순산 송세동의 눈동자가 흔들렸다.

"축하해!"

박현은 그런 그를 보며 입꼬리를 말아올렸다.

"이 세상에 홀로 남은 구렁이가 된 것을!"

『이놈!』

송세동의 눈빛이 흔들리는가 싶더니 이내 음침한 살기가 폭발하듯 방 안을 가득 채웠다.

"잠깐만."

그러더니 박현은 품에서 폰을 꺼내 들었다.

"오케이!"

박현은 폰을 다시 안주머니에 넣었다.

"아~ 쓸데없는 대화 나눈다고 피곤하네."

박현은 서서히 몸에서 기운을 풀어헤쳤다.

『……!』

"걱정 마! 그대가 걱정하는 이들이 오는 건 아니니까. 아까 전에 대화 들었지? 국정원. 알지? 이면파트."

『……?』

"그들이 이제 곧 도착한다는군."

박현의 목소리에서 장난기가 슬슬 빠져나갔다.

"본인의 손으로 그대의 시신을 치울 수는 없잖아!"

『무슨 소리를 하는 겐가?』

"무슨 말이기는. 둘 중에 하나는 죽어야 한다는 소리지. 당연히 죽는 건 너고!"

쿵!

"너는 이제 죽는다는 소리지."

박현은 크게 발을 구르며 인간의 육신을 깨트렸다.

"크하아아앙!"

흑호의 울음이 터져 나왔다.

그리고는 단숨에 송세동을 향해 달려들었다.

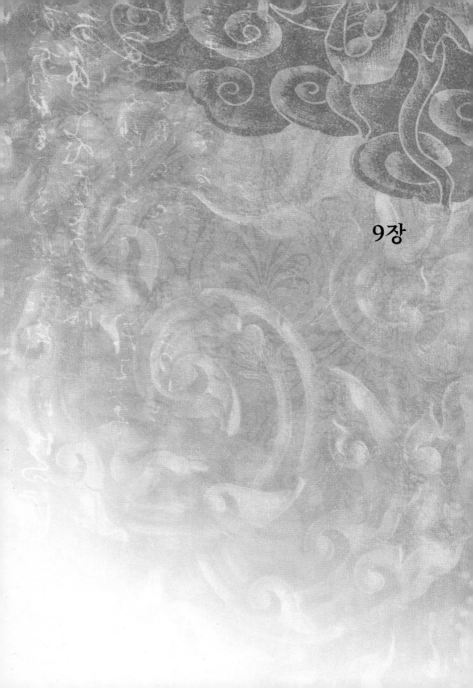

9장

"크하아아앙!"

인간의 육신이 찢어지며 드러난 진신은 거대한 검은 호랑이였다.

『……!』

그 울음은 순간이지만 송세동의 몸을 굳게 만들기에 부족함이 없었다.

쾅!

박현은 바닥이 흔들릴 정도로 발을 구르며 송세동을 덮쳐갔다.

'흐, 흑호?'

생각해 보면 흑호라니.

백호는 들어봤어도, 흑호는 처음 봤다.

"스스스슷!"

문제는 그가 덮고 있는 칠흑 같은 검은색이었다.

자신도 가지고 있는 악의 정점, 재앙의 검은색이, 그에
비하면 너무나도 밝다는 것이었다.

또한 그가 내뱉은 울음은 어떤가.

마치 무저갱 저 아래서 올라오는 악마들의 울음처럼 들
렸다.

아니 악마들의 울음이었다.

마치 자신이 뱀 앞에 선 개구리처럼 그 울음 앞에서 떨었
으니까.

"스하아아악!"

송세동은 발작을 일으키듯 울음을 터트렸다.

그 울음에 화답이라도 하듯 경직되었던 몸이 풀렸다.

쑤아아악!

단검으로 베어오듯 목을 그어오는 박현의 발톱을 보며
송세동은 재빨리 몸을 뒤로 젖혔다.

사각!

따끔한 고통이 목에서 느껴졌다.

고통이 크지 않은 것을 보면 살갗이 살짝 베인 모양이었다.

팡! 와당탕탕탕—

송세동은 꼬리로 술상을 쳐올려 시야를 어지럽게 만든 후 다른 꼬리로 기둥을 타고 천장으로 기어올랐다.

콰직— 쾅!

그러자 아래로 술상이 갈가리 찢겨 나무 파편이 사방으로 비산하는 장면이 눈에 들어왔다.

허공으로 흩어지는 나무 파편들 사이로 흑호의 눈빛이 날아왔다.

"스하아—."

화살처럼 눈에 꽂히는 그의 시선에 송세동은 저도 모르게 울음을 내뱉었다.

하지만 이내 송세동의 눈매가 가늘어졌다.

비록 그의 울음에 몸이 굳어졌던 건 사실이지만, 자신 또한 진짜 실력을 드러낸 것은 아니었다.

천외천을 단 한 걸음 남겨두고 있는 자신이었다.

백호는 들어봤어도 흑호는 들어본 적이 없다.

전설로 전해지는 호족의 왕이라고 했던가?

천급으로 태어나 천외천을 바라보는 축복받은 피.

흑호는 어떨까?

아무렴 어떤가.

천급으로 태어났다?

온실 속에 화초리라.

저 밑바닥, 시궁창에서 아득바득 기어온 자신이다.

그런 화초 하나 못 꺾을까.

또한 갚아야 할 피가 있지 않은가.

감히 자신이 이룩해놓은 성을 파괴했으니 그 빚을 받아야 하지 않겠는가 말이다.

'피?'

순간 떠오른 것.

영물의 피.

어마어마한 기운을 담고 있다.

'혹시 저놈의 피라면?'

천외천으로 오르는 계단이 되어주지 않을까, 라는 생각이 문득 들었다.

그렇지 않더라도 적잖은 도움은 될 터.

"츠츠츠츳!"

송세동의 꼬리가 흔들리며 비늘이 비벼지는 소리가 만들어졌다.

이어서 씨익 웃음이 지어졌다.

천외천이 태어났다는 소식을 듣지 못했으니, 저놈은 천급일 터.

'크크크크크!'

널 잡아먹어야겠구나.

"스하아아앗!"

송세동은 박현을 향해 입을 쩍 벌리며 혀를 날름거렸다.

"이 새끼 봐라?"

박현은 자신을 향해 입맛을 다시는 송세동을 어이없어하며 어금니를 드러냈다.

風林火山(풍림화산).

바람처럼 빠르게, 숲처럼 고요하게, 불길처럼 맹렬하게, 그리고 산처럼 묵직하게.

송세동은 일본 전국시대 무장, 다케다 신겐이 남긴 말을 떠올렸다.

'일본 놈들이 좋아하던 구절이었지.'

비록 일본 놈들의 것이었지만, 송세동 자신 또한 좋아하는 구절이었다.

태산처럼 묵직하게.

잡념을 털어버리고.

숲처럼 고요하게.

은밀히 기운을 끌어올렸다.

퉁!

바람처럼 빠르게.

송세동은 꼬리를 튕기며 박현을 향해 몸을 날렸다.

불길처럼 맹렬하게.

두 개의 꼬리를 채찍처럼 휘두르며 박현의 몸통과 팔을 감싸 갔다.

그런 그의 공격을 보며 박현은 능구렁이 같다는 생각이 들었다.

하긴 송세동은 구렁이니 당연한가?

뭔가 싸움이 미적지근하다.

마치 미지근한 탕에 몸을 담근 것처럼.

그럼에도 박현은 방심하지 않았다.

저 미적지근함 속에 숨겨진 찐득찐득한 무언가를 보았기 때문이었다.

쫘쫘— 쫘쫘쫘쫘!

송세동은 다른 구렁이보다 굵은 두 개의 꼬리로 박현의 몸을 칭칭 감쌌다.

그때부터 구렁이의 공격은 시작이었다.

두 개의 꼬리가 유기적으로 꿈틀거리자 그의 몸에서 느껴지는 압박감은 한순간에 높아졌다.

완벽하게 박현의 몸을 에워 감싼 순간, 송세동은 순간 묘한 위기감을 느꼈다.

그리고 꼬리와 꼬리 사이에 파묻혀 스쳐 지나가는 박현의 눈빛을 본 순간, 위기감은 확신으로 바뀌었다.

송세동은 재빨리 꼬리를 말며 다시 반대편 천장으로 기어 올라갔다.

『이거 참.』

독을 품고 있던 박현은 어이없다는 눈으로 송세동을 올려다보았다.

단숨에 목을 짓누르고 독으로 집어삼키려고 했는데, 촉이 좋았다.

'이거 싸움이 길어질지도.'

그를 올려다보는 박현의 눈매가 가늘어졌다.

그렇게 만들어진 기묘한 침묵.

과거 평범한 인간들 중 저런 놈들이 있었다.

묘할 정도로 촉이 좋은 놈들.

'이럴 때는 진흙탕 싸움이지.'

박현은 비릿하게 웃음을 지은 뒤, 송세동을 향해 몸을 날렸다.

"크하아앙!"

박현은 벽을 박차고 뛰어올라 송세동의 어깨를 물어갔다.

콱!

역시나 뱀의 일족답게 그는 유연하게 몸을 피했다.

우지끈— 콰광!

박현은 그가 똬리를 틀고 있던 들보를 부숴버렸다.

송세동은 또 다른 꼬리로 부서지지 않은 들보로 물러났다.

우지끈— 콰광! 콰과광!

박현은 다시 몸을 날려 그가 똬리를 틀 수 있는 들보를 모조리 부수며 그에게로 달려들었다.

결국 송세동은 결정해야 했다.

바닥으로 물러갈 것인지, 아니면 마지막 남은 들보 기둥을 부수려는 그 순간 박현을 노려야 할 것인지.

'이대로만 물러나기만 한다면.'

자신의 승산이 줄어든다.

송세동의 눈매가 가늘어지며 음산해졌다.

우지끈!

마지막 들보 기둥이 부서질 때, 송세동은 소리 하나 없이 몸을 틀어 박현의 뒷목을 물어갔다.

콰직!

순간 박현이 몸을 틀자, 송세동의 이빨이 박현의 어깨에 박혔다.

뒷목을 물어 목줄을 끊어냈으면 더할 나위 없이 좋았겠지만 크게 개의치 않았다.

보이지 않는 곳에서 죄여오는 공격.

그게 구렁이의 진짜 공격이었다.

송세동은 두 개의 꼬리 중 하나를 사타구니로 밀어넣은 뒤 허리가 아닌 어깨로 올라갔다. 그리고 다른 꼬리로는 그의 다리를 하나를 잡아당겼다.

우드득!

그러자 박현의 허리가 비틀리기 시작했다.

"스스스슷―."

송세동은 혀로 박현의 귓가를 간질이며 그의 허리를 더욱 꺾었다.

박현이 힘으로 버티자, 송세동은 조소를 머금었다.

제아무리 황소라도, 아니 코끼리라도 자신의 꼬리에 포박된 이상 남은 것은 죽음뿐이었다. 그리고 자신은 그 힘을 두 개나 가지고 있다.

"스하얏!"

송세동은 마지막 힘을 주며 언제나 들어도 좋을 척추가 부러지는 소리를 기다렸다.

그 순간이었다.

『……?』

묘했던 위기감.

공격을 망설이게 했던 위기감이 떠올랐다.

순간 돌이켜보면 이렇게 순순히 공격이 풀려갈 리가 없었다.

송세동은 저도 모르게 얼굴을 쭉 내밀며 박현을 쳐다보았다.

곁눈질이지만 눈이 마주쳤다.

그때 박현이 씨익 웃었다.

웃는다?

지금 척추가 부러지기 직전인데.

그 고통이 엄청날 텐데.

순간 오싹한 기운이 느껴졌다.

기묘한 위기감.

그 위기감의 정체가 그 웃음과 함께 현실이 되었다.

박현은 양팔을 겨우 꼬리 사이로 비집고 내민 후 그의 두 꼬리를 각자 움켜잡았다.

"쿠르르."

그리고 박현은 또 다른 진신인 흑우를 끄집어냈다.

까각— 까가가각!

엉킨 꼬리가 강제로 풀리며 비늘이 부러진 듯, 아니면 벗겨진 듯 그다지 듣기 좋지 못한 마찰음이 만들어졌다.

『크읍!』

꼬리가 끊어질 듯한 고통에 송세동은 눈을 부릅떴다.

『헉!』

부릅떠진 눈이 다시금 크게 떠졌다.

호랑이의 털이 사라지고, 그 자리를 쇠침처럼 짧고 촘촘한 무언가가 대신해 갔다.

그리고 머리가죽을 뚫고 올라오는 두 개의 뿔.

그건 바로 소의 것이었다.

'소?'

아니 그걸 떠나서 흑호가 소로 모습이 바뀐다니, 도저히 상상조차 해보지 못한 광경이었다.

또한 겉모습만 소로 바뀐 게 아니었다.

꿈틀거리는 힘은 경악스러울 정도였다.

이대로는 꼬리를 떠나 몸통이 찢어진다.

송세동은 머릿속을 차지한 의문을 밀어내며 재빨리 꼬리를 풀었다.

콰드드득―

그때 솥뚜껑처럼 커진 박현의 손이 우악스럽게 비늘을 뚫고 몸통을 움켜잡았다.

『큭!』

송세동은 몸을 뚫고 들어오는 열 개의 손가락이 만들어낸 고통에 눈을 부릅떴다.

"스하아앗!"

그 고통 속에서도 그의 손을 벗어나기 위해 몸부림쳤지만 마치 낚싯바늘에 걸린 물고기처럼 그의 손을 벗어날 수 없었다.

이대로는 죽는다 싶어.

송세동은 몸을 더욱 길게 뽑아 박현의 얼굴을 물어갔다.

"스하, ……!"

박현의 눈을 마주한 송세동의 몸은 그대로 굳어버렸다.

황소의 얼굴, 그 안에 담긴 두 눈동자가 서서히 가로로 길게 찢어지기 시작했기 때문이었다.

언뜻 봐서는 모르지만, 송세동은 알 수 있었다.

그 눈.

그건 바로 뱀의 것이라는 것을.

『으허억!』

송세동의 머릿속에서는 온갖 경종이 마구 울리기 시작했다.

이거였다.

기묘한 위기감은.

송세동은 몸통이 끊어지든 말든 안간힘을 써가며 그의 손에서 벗어나기 위해 몸부림치기 시작했다.

박현은 그런 그의 두 몸통을 잡아 좌우로 찢어갔다.

지직— 지지직—

몸통이 갈라지며 피가 뚝뚝 떨어질 때쯤이었다.

촤아아악!

그런데 어느 순간 두 개의 꼬리가 허무하리만큼 좌우로 찢어졌다.

쾅!

그 순간 반으로 갈라진 송세동, 정확히는 꼬리 하나를 잘라낸 그가 벽을 뚫고 밖으로 도망치기 시작한 것이었다.

『쯧!』

박현은 슬쩍 보면 송세동처럼 보이는, 잘라낸 꼬리와 고스란히 송세동의 외형을 유지하고 있는 상반의 껍질을 바라보며 나직하게 혀를 찼다.

박현은 자그맣게 뚫린 벽으로 달려나갔다.

그리고 구멍 사이로 몸을 넣는 순간, 그의 등에서 커다란 날개가 활짝 펼쳐졌다.

주변이 온통 산이라 그런지 송세동은 그 무엇보다 빠르게 산을 타고 있었다.

박현은 그를 내려다보며 기운을 폭발시키듯 내려찍었다.

쿵!

산 전체가 울릴 정도로 거대한 힘이 산기슭을 뒤덮었다.

후우우우웅!

그리고 순수한 힘으로 만들어진 결계가 그물망처럼 펼쳐졌다.

『허억!』

결계에 가로막히자 송세동의 얼굴은 한순간 창백하게 질려버렸다.

자신은 상상조차 해보지 못한 힘.

천외천만이 가질 수 있는 기예.

결계.

송세동은 고개를 돌려 뒤를 살폈다.

하지만 그의 뒤를 쫓는 박현은 없었다.

송세동은 겁에 질린 눈으로 주변을 빠르게 살폈다. 하지만 눈에 걸리는 건 아무것도 없었다.

『여기야.』

머리 위에서 들리는 목소리에 송세동은 재빨리 고개를 들어올렸다.

『헙!』

자신의 머리 위에 박현이 떠 있었다.

『본인은 말이야.』

박현이 천천히 아래로 내려왔다.

『좀 더 그대가 날뛰어주었으면 좋겠어.』

거리가 가까워지자 그의 얼굴이 선명하게 들어왔다.

『그래야 너를 죽일 맛이 나지. 안 그래?』

박현의 섬뜩한 미소에 송세동은 몸을 바르르 떨었다.

*　　　*　　　*

부우우웅— 끼익!

어두컴컴한 숲속.

가로등이 겨우 비추는 한식당 앞 주차장으로 검은 승용차 한 대와 봉고가 빠르게 달려와 섰다.

승용차와 봉고에서 검은 양복을 입은 국정원 요원들이 우르르 내렸다.

마지막으로 내린 오성식 부장은 빛바랜 간판을 잠시 흘겨보며 봉고에서 내린, 현장팀을 불렀다.

"현장!"

"예, 부장님."

"주변 확보하고, 이상한 거 없는지 확인해!"

"예!"

현장팀장은 현장 요원들을 데리고 식당 주변으로 퍼졌다.

"가자."

오성식 부장은 직속 팀원을 데리고 식당 안으로 들어갔다.

식당 안으로 들어서자마자 건장한 사내들이 바닥에 엎어져 있었다.

이제 신입 티를 벗은 이기혁이 사내들의 목으로 손을 가져갔다.

"모두 죽었습니다."

"그래도 피는 없으니 편하겠군."

오성식 부장이 중얼거리는 사이, 이혜연이 그를 지나치며 자그만 기계를 스마트폰에 연결했다. 그리고는 그들의 지문을 일일이 찍은 후, 스마트폰에 떠오르는 신원을 일일이 확인했다.

"아이구, 죄다 별들이 화려하네."

이혜연은 신원들을 확인하며 혀를 찼다.

"저기, 여기 셋은 살아 있는데요."

주방 쪽에서 이기혁이 목소리를 높였다.

그 소리에 오성식 부장과 이혜연이 종종걸음으로 주방으로 향했다.

그곳에는 오육십 대로 보이는 부부와 그보다는 조금 젊은 사내가 바닥에 누워있었다.

띡—

이혜연이 그들의 지문을 찍어 신원을 확인했다.

"보자~. 둘은 여기 주인이고. 여기는 주방장인 모양인데요. 셋 다 전과는 없어요."

"그분다운 처리네."

오성식 부장은 고개를 끄덕였다.

"어떻게 할까요?"

"기억을 지워야겠지. 그래도 혹시 모르니까 일단 깨어날 수 없게 재워놔. 결정은 우리가 하는 게 아니니까."

"예압."

이혜원은 목소리를 굴리며 품에서 두툼한 장지갑을 꺼냈다.

장지갑 안에는 누런 부적이 빽빽하게 들어차 있었다. 이 혜원은 마치 지폐를 찾듯 부적을 손가락으로 넘기다가 일련의 부적 세 장을 꺼내 그들의 이마에 붙였다.

일단 일을 마친 셋은 다시 식당으로 나왔다.

그때 현장팀장이 안으로 들어왔다.

"밖에 이상 없습니다."

"그래?"

"그리고 근처에 강력한 결계가 있습니다."

"결계라……."

그곳에 박현이 있을 것이고, 아직 일이 마무리되지 못한 모양이었다.

"부장님. 이 방인 듯합니다."

식당 홀 구석에 위치한 방에서 이기혁의 목소리가 들려왔다.

오성식 부장은 서둘러 방으로 향했다.

식당치고 제법 넓은 방 안은 엉망이었다.

그리고 홀과 달리 방 안은 피로 얼룩져 있었다.

"실례하겠습니다."

이혜연이 오성식 부장을 살짝 밀며 안으로 들어갔다.

"흠."

이내 고운 이마에 주름을 만들어냈다.

그러더니 합장으로 두 번 절을 하는가 싶더니 방 안 곳곳을 누볐다.

"촐랑거리는 게 영 미덥지 않았는데, 제법이네요."

지원팀장이 조용히 속삭였다.

"단맛 쓴맛 다 본 오 년 차야."

"하긴 10팀이면."

비교적 평온한 8팀과 9팀과 달리 10팀은 최근에 가장 바쁜 팀 중 하나였다.

"경찰서장이랑 지검장은 총상, 이 사람은……."

이혜원은 손계수의 혈흔을 따라 눈을 옮겼다.

"젓가락이네요."

이혜현은 벽에 꽂힌 젓가락을 잠시 쳐다본 후 지문을 찍었다.

"이 새끼, 사업가 행세하는 깡패 새끼네요."

이혜연은 자리에서 일어나 오성식 부장을 쳐다보았다.

"어떻게 할까요?"

"뭐를?"

"이 새끼, 실종으로 처리해요? 아니면 이마를 총상으로 덮어요?"

오성식 부장은 그 말에 턱을 쓰다듬었다.

"깡패라고 했지?"

"훈장이 화려한데요. 살인에, 협박에……."

"그게 다 훈장은 아닐 거 아냐."

"훈장은 뭐~. 약을 잘 친 모양이네요."

이혜연은 죽은 지검장을 흘깃 쳐다보며 말을 이어갔다.

"협박에 폭력 정도밖에 없어요. 그것도 십여 년 전까지만."

"총상으로 덮어. 같이 묶자."

오성식 부장의 말이 끝나기가 무섭게 지원팀장이 나섰다.

그의 걸음에 팀원 하나가 재빨리 방 안으로 들어와 젓가락을 뽑은 뒤 죽은 손계수의 몸을 일으켜 세웠다.

철컥!

"권총으로 하시게요?"

"소총은 시끄러워서."

지원팀장은 씩 웃으며 죽은 손계수의 머리를 겨눴다.

"야야! 조금 더 세워."

지원팀장은 벽에 튄 혈흔과 손계수의 머리 위치를 확인했다.

"오케이."

지원팀장은 권총을 다시 권총을 겨눈 후 쏘았다.

탕!

총알이 그의 머리를 다시 관통하는 순간 팀원은 그의 몸을 놓았다. 총알이 박히는 충격에 손계수의 몸은 뒤로 넘어가 벽에 부딪히며 바닥으로 쓰러졌다.

"여기는 이 정도면 되고."

지원팀장은 고개를 돌려 국회의원을 쳐다보았다.

"쟤는 어떻게 할 겁니까?"

모두의 시선이 배에 큰 구멍이 난 박원갑 국회의원을 향했다.

"상흔 보니까 박현 님이 아니라 구렁이가 죽인 거 같은데."

오성식 부장은 그의 몸을 툭툭 건들며 미간 사이로 주름을 그려냈다.

"신분이 신분인지라 실종 처리하기도 그렇고."

오성식 부장은 고개를 돌려 이기혁을 손짓으로 불렀다.

"이놈, 어때?"

"외부적으로는 지역 사회에 공헌하는 올곧은 정치인……."

"그 말은 썩을 대로 썩은 놈이라는 뜻?"

"예."

이기혁이 고개를 끄덕였다.

"뒤가 아주 구린 놈입니다."

"그럼 양심에 거리낄 게 없겠구만."

오성식 부장이 손바닥을 탁 쳤다.

"시나리오 바꾸자."

"어떻게 바꿀 겁니까?"

지원팀장이 다가왔다.

"밖에 쓰러진 놈 중에 두엇 방 안에 들여놓고, 칼 쥐여 줘."

그 말에 지원팀장의 표정이 잠시 찌푸려졌다가 펴졌다.

"저 새끼 손에도 칼 쥐여 주고, 권총에 서장 지문 묻혀서 국회의원 손으로 넘기고."

오성식 부장은 손가락으로 손계수와 이우준 경찰서장을 거쳐 박원갑 국회의원을 가리켰다.

그 말에 시나리오의 흐름을 읽은 지원팀장이 손을 까딱거려 팀원을 불렀다.

"이해했지?"

"예."

"잘 만들어."

지원팀이 방 안을 새롭게 정리하는 그때였다.

"부장님."

이기혁이 오성식 부장에게 조용히 다가가 그를 불렀다.

"……?"

"보셔야 할 게 있습니다."

"뭔데?"

오성식 부장은 그를 따라 옆방으로 들어갔다.

방에 들어서는 순간 오성식 부장은 몸을 흠칫 떨었다.

붉게 충혈된 눈으로 자신을 쳐다보는 뱀의 일족을 보았기 때문이었다.

하지만 곧 침착을 되찾았다.

반인반사의 사내의 모습이 정상이 아니었기 때문이었다.

팔은 없었고, 몸통도 찢겨나가 있었다.

겨우 숨만 내쉬고 있는 반송장이나 다름없는 꼴이었다.

"어떻게 할까요?"

"뭘 어떻게 해? 쓸데가 있으니까 숨만 붙여놓은 놓은 거겠지."

오성식 부장은 이기혁에게 신경 끄라고 말했다.

그때였다.

쿵!

송중근 이장이 있던 방, 그 방의 벽이 크게 울렸다.

와장창창—

그러더니 창문이 깨졌고, 송중근 이장의 몸은 창문으로 빨려 나갔다.

오성식 부장은 눈으로 그의 뒤를 쫓으며 안경 하나를 꺼내 얼른 썼다.

그가 빨려간 곳에 은은하게 빛을 발하고 있는 결계가 펼쳐져 있었다.

우당탕탕탕—

잠시 후, 방 안으로 지원팀장과 팀원들이 뛰어 들어왔다.

"다들 신경 끄고, 시나리오에 집중해."

오성식 부장은 안경을 벗으며 명을 내렸다.

치익— 치익—

그때 귀에 꽂은 리시버에서 무전 소리가 들려왔다.

"여기는 베타, 여기는 베타. 산길 아래서 봉고 한 대가 올라옵니다."

"봉고?"

"건설사 차량입니다."

"건설사 차량이면."

오성식 부장이 이혜연을 쳐다보았다.

"깡패 새끼들이네요."

오성식 부장이 씨익 웃었다.

"그래도 오늘은 병풍 신세는 면하는 모양이다."

오성식 부장이 무전기를 들었다.

"지원팀 베타는 대기. 알파는 손님 맞을 준비 해라!"

그 명이 떨어지자 지원팀장이 씨익 웃으며 밖으로 나갔다.

오성식 부장은 그를 잠시 쳐다보다 다시 저 멀리 펼쳐진 결계를 쳐다보았다.

*　　　*　　　*

날개를 접으며 바닥으로 내려서는 박현을 보는 송세동의 눈이 파르르 떨렸다.

그가 바로 눈앞에 내려서서가 아니었다.

날개가 사라지고, 호랑이로 변하는 모습이 아주 자연스러웠기 때문이었다.

그리고 마치 피부를 베는 듯한 섬뜩한 살기.

그 살기에 몸이 움츠러들었다.

그때 박현이 결계 밖으로 손을 뻗었다.

기운이 밖으로 뻗어나가자, 곧 검은 무언가가 그의 힘에 끌려 결계 안으로 밀려들어 왔다.

그 순간 송세동의 눈이 다시금 부릅떠졌다.

짐짝처럼 바닥에 내팽개쳐진 건 다름 아닌 송중근이었기 때문이었다. 그것도 처참한 모습을 하고 있었다.

송세동이 눈동자를 파르르 떤 건 자신의 혈족이 처참한 모습을 하고 있었기 때문이 아니었다.

바로 박현이 보여준 공포 때문이었다.

『……왜?』

송세동의 목소리는 가늘게 떨리고 있었다.

『왜!』

이미 살아나갈 수 없음을 느낀 탓일까.

송세동은 악을 쓰듯 다시 되물었다.

『뭐가?』

박현은 그의 악다구니를 이해하지 못하겠다는 듯 무심하게 대꾸했다.

『무슨 억하심정이 있어 이러는 것이냐!』

이제는 존대도 없었다.

『그 모습, 어디서 많이 본 거 같지 않아?』

박현은 슬슬 어깨를 풀었다.

『네놈들의 발아래서 울부짖는 가여운 여인들.』

『……여인들?』

송세동의 얼굴이 구겨졌다.

『고작 하찮은 인간들 때문에 이러는 것이었냐?』

송세동은 불쾌하다는 듯 뺨을 부르르 떨었다.

『하찮다라.』

박현은 감정 없는 눈으로 그를 쳐다보았다.

『따뜻한 어머니였다가 귀찮은 누나들이 되었고, 친구가 되었다가, 본인이 보살펴야 했던 딸들이야.』

『무, 무슨 소리를 하는 거야!』

『몇몇은 잘 살고 있고, 몇몇은 내 눈앞에서 죽었어.』

『…….』

『빌어먹을 이면의 누군가에게.』

박현의 눈에서 시퍼런 살기가 뿜어져 나오기 시작했다.

『그러니까 그냥 고통스럽게 죽어.』

박현은 시퍼런 눈으로 그를 바라보았다.

『그게 네놈이 마지막으로 해야 할 일이야.』

쿠오오오오오!

흑호, 검은 호랑이의 몸에서 거대한 기운이 뿜어져 나왔다.

그 기운은 흑룡의 모습을 하고 있었다.

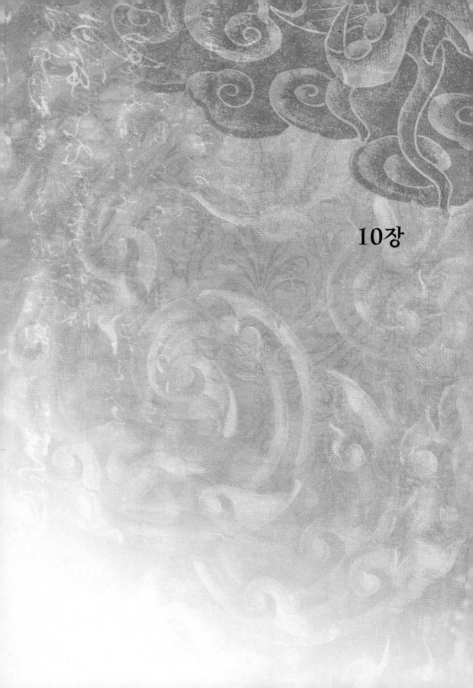

10장

『끄어어어어!』

송세동은 고통에 찬 신음인지, 아니면 절규인지 모를 소리를 내지르며 양손으로 결계를 마구 긁었다.

파직―

손톱이 떨어져 나가고, 손가락 끝에서 피가 튀었지만 그는 고통도 못 느끼는 듯 연신 결계를 긁어댔다.

저벅― 저벅―

그런 그의 등 뒤로 발걸음 소리가 들려오자 송세동은 화들짝 놀라 몸을 뒤집었다.

바로 몇 걸음 뒤에 박현이 서 있었다.

"삶의 집착이 크군."

박현은 쪼그려 앉으며 그와 눈높이를 마주했다.

『사, 살려주십시오! 제발 목숨만은…….』

송세동은 다시 두 팔로 엉금엉금 기어와 박현의 바짓가랑이를 잡으며 애원했다.

"그 말 어디서 자주 듣던 말 아닌가?"

박현은 손을 뻗어 그의 머리카락을 잡아 젖혔다.

『……무슨.』

"진짜 기억이 안 나?"

박현이 씨익 웃자, 순간 송세동의 얼굴이 굳어졌다.

『그, 그…….』

안 나던 기억도 끄집어내야 할 판인데, 당연히 기억이 난다.

하지만 차마 그 말을 입 밖으로 내뱉을 수 없었다.

"다시 시작해야지. 아직 두 팔도 멀쩡하고."

박현은 그의 머리를 움켜잡은 채 자리에서 일어났다.

자자자자작!

머리카락이 왕창 뜯겨 나갔지만 고통은 느껴지지 않았다.

다닥 다다다닥— 다닥!

공포가 다시 몸을 지배하자 그의 턱은 잘게 떨리기 시작했다.

박현은 그를 끌며 다시 결계 중앙으로 걸어갔다.

그 걸음에 따라 송세동이 붓칠을 하듯 긴 핏자국이 칠해졌다.

*　　　*　　　*

일본식 정원이 한눈에 보이는 다다미방.

그 방 한가운데에 커다란 상이 놓여있었고, 양복을 입은 사내가 일본식 녹차인 말차를 마시고 있었다.

"야스오."

뺨에 긴 자상을 가진 사내가 찻잔을 내려놓으며 옆에 정좌를 하고 있는 사내를 불렀다.

"공물이 안전한지 확인해."

"예!"

"겸사겸사 넘겨받을 준비도 하고."

"옙!"

야스오는 오체투지를 하듯 인사를 하며 자리에서 일어났다.

조심스럽게 장지문을 열고 밖으로 나왔다.

마침 밖이 시끌시끌했다.

야스오는 미간을 찌푸리며 복도 끝으로 고개를 돌렸다.

귀로 들어오는 시끄러움이 조금 낯설었다.

중국어 특유의 고성.

"쯧. 경박스러운 놈들."

야스오는 신경을 끄며 손을 내밀었다.

"신경 꺼. 내가 부두목께 안내할 테니 할 일이나 해."

그러자 그의 형제인 타카시가 전화기를 건넸다.

야스오는 그 말에 피식 웃으며 전화기를 든 손으로 그의 가슴을 툭 치며 반대편 복도로 걸음을 옮겼다.

그리고는 어디론가 전화를 걸었다.

*   *   *

♪～♩♪～♩♫～

조용히 엉망이 된 방을 바라보고 있던 오성식 부장은 갑자기 들려온 전화기 벨 소리에 자신도 모르게 품을 뒤졌다. 하지만 이내 그 벨의 주인이 자신이 아님을 깨달았다.

오성식 부장은 발로 반쯤 부서지고 엎어진 상을 툭 쳐냈다.

그러자 상 아래 전화기가 한 대 너부러져 있었다.

오성식 부장은 가능하면 지문이 묻지 않게 조심스럽게 전화기를 들었다.

액정에는 '김사장'이라고 적혀 있었다.

잠시 전화를 받을까 말까 고민을 하다 손을 들어 이혜연을 불렀다.

"전화 목록 파악해."

"누구 겁니까?"

이혜연은 투명한 비닐 지퍼백을 내밀었다.

"구렁이 시장 아니면 죽은 국회의원이겠지."

오성식 부장은 그 안에 전화기를 떨어뜨리며 말했다.

"지문 검사부터 해야겠네요."

이혜연은 지퍼백을 닫은 뒤 조심스럽게 품에 넣었다.

*　　　*　　　*

『하악! 하악! 쿨럭!』

송세동은 거친 숨을 몰아쉬다가 피를 토해냈다.

감정이 담기지 않은 살기에 송세동은 잠시 몸을 바르르 떨며 손을 휘저었다.

아니 휘젓고 싶었다.

아니 휘젓고는 있었다.

다만 눈앞에서 휘휘 날리는 건 그가 생각했던 팔이 아니라, 바람 빠진 풍선처럼 짓이겨져 거죽만 남은 자신의 팔이었다.

『으어―. 으어어어!』

공포에 점철된 목소리는 그저 공포만 담은 무의미한 짐 승의 소리일 뿐이었다.

빠각!

박현은 어깨뼈를 지그시 밟아 바스러트렸다.

『으아악!』

다시금 목청이 커진 비명 속에 낯선 소리가 끼어들었다.

♪～♩♪～♩♫～

박현은 발을 다른 어깨로 옮기며 전화기를 꺼내들었다.

조완희였다.

"어."

《현아.》

조완희의 목소리가 조금 이상했다.

"무슨 일이야?"

그러는 와중에 살려고 꿈틀거리며 기어가려는 송세동의 기척이 느껴졌다.

박현은 손에서 대합의 껍데기를 꺼내 길게 창처럼 만들 었다.

푹!

그리고는 그의 몸통을 관통해 땅속 깊게 찍어내렸다.

『끄아악!』

박현은 비명을 뒤로하고 몸을 돌렸다.

《좀 이상한 게 있다.》

"이상한 거라니?"

《미안. 이상한 여자애 둘이 있어.》

"……이상한 여자애 둘?"

《그리 말하고 보니까 내 표현이 이상하네. 여튼 묘한 애 둘이 있어.》

"묘하다."

박현은 눈을 내려 여전히 바닥을 기려는 송세동을 쳐다보았다.

《일단 와봐야겠다.》

"어디로 가면 되나?"

《좌산도랑 우산도 사이에 자그만 섬 하나 있다. 거기로 오면 돼.》

"알았어."

박현은 전화기를 품에 넣었다.

그런 후 송세동 앞으로 걸어가 머리카락을 잡아 머리를 들어올렸다.

"아직 이야기하지 않은 게 있었군."

『으어! 으어어어어!』

눈만 마주쳤는데도 송세동은 미친 듯이 발악하기 시작했다.

"이쯤 되면 네놈이 뭘 하고 지냈는지 더욱 궁금해지는 군."

박현의 눈매가 가늘어졌다.

*   *   *

"이상하군."

야스오는 눈살을 찌푸리며 전화기를 내려다보았다.

전화를 안 받을 위인이 아니었다.

대부분 그가 직접 전화를 받지만, 사정이 여의치 않을 때에는 그의 비서라도 받는다.

한 번도 전화를 놓친 적이 없었다.

그런데 전화 연결이 되지 않았다.

무슨 일이 있는 건가?

야스오는 전화기를 품에 넣은 후 발걸음을 돌렸다.

손님 접대를 하고 있는 객방 밖에는 조직원과 낯선 이들이 서로 거리를 두고 서 있었다.

야스오는 조용히 장지문을 열고 안으로 들어갔다.

넓은 상에는 화려한 음식들이 차려져 있었고, 그 사이를 두고 부두목과 껄렁껄렁하게 생긴 사내가 마주 앉아 있었다.

"무슨 일이지?"

야스오가 들어오자 부두목이 물었다.

"실례하겠습니다."

야스오는 상대편에게 사과를 하며 부두목 옆에 무릎을 꿇고 앉았다.

"전화가 연결이 되지 않고 있습니다."

야스오는 상대편에 앉은 이를 흘깃 쳐다보며 목소리를 죽였다.

물론 목소리가 새어나가지 않게 기운을 가뒀지만 아무래도 신경이 쓰이는 건 어쩔 수 없었다.

"한번 가볼까 싶습니다."

"흠."

부두목은 고민하는 듯 무릎에 올린 손을 탁탁 내려쳤다.

"직접 갈 거냐?"

"밑의 놈 하나를 먼저 보내려 합니다."

그 말에 부두목이 고개를 끄덕였다.

"너도 가고?"

"아무 문제가 없다면 전처럼 공해상에서 받겠지만."

야스오는 말을 아꼈다.

"귀한 공물이니. 손님 대접이 말이 아니군."

부두목은 앞에 앉아 있는 이를 흘깃 쳐다보았다.

야스오도 그를 따라 시선을 옮겼다가 저도 모르게 눈가를 찌푸렸다.

절제되어 있으면서도 아름다운, 조심스럽게 젓가락으로 먹어도 시원찮을 요리를, 거렁뱅이처럼 손으로 한 움큼 집어 들어 우적우적 씹어대고 있었다.

눈이 마주치자 그는 입안에 담긴 음식을 꿀떡 삼키더니 보란 듯이 회를 손으로 들어 입으로 가져갔다.

씨익 웃으면서.

"바로 움직이겠습니다."

야스오는 자리에서 일어났다.

손님, 후드티를 입은 사내는 손에 회를 든 채 손을 저어 인사하고 있었다. 그의 후드 사이로 뱀 문신이 오늘따라 유달리 선명하게 보였다.

야스오는 무표정하게 그를 향해 고개를 숙였다.

밖으로 나오자 타카시가 다가왔다.

"하여튼 마음에 안 드는 새끼들이야."

타카시는 중국 놈들을 흘깃 쳐다보며 속삭였다.

"입 조심해. 저놈들 중에 일본어 하는 놈들 제법 있어."

"알아, 인마."

야스오는 타카시와 함께 복도를 걸어 밖으로 나왔다.

"무슨 일이야?"

타카시는 담배를 입에 물며 물었다.

"애들 좀 준비해 줘."

"애들?"

타카시가 담배에 불을 붙이려다가 고개를 돌려 되물었다.

"일단 한국 국적 가진 놈으로다가. 그리고 행동대원 둘."

"무슨 일인데?"

"창고에 문제가 생긴 듯싶다."

"빠가야로!"

야스오의 말에 타카시가 욕을 삼키며 담배를 구겼다.

* * *

턱!

바닥에 쓰러진 누리끼리한 무언가가 꿈틀거렸다.

언뜻 포대자락인 줄 알았는데 아니었다.

팔다리 모두 잘린 구렁이였다.

"이장?"

조완희의 물음에 박현이 고개를 저었다.

"송세동."

"누구?"

"곽진석."

"아! 아! 그놈이 진짜 이름이 송세동이었어?"

조완희가 고개를 끄덕이며 송세동을 잠시 쳐다보았다.

"용케 안 죽였네."

"죽이려 할 때 네 전화가 와서."

"대별왕님이 한참 기다리시겠다."

"그 전에 시왕님들께서 먼저 반기시겠지."

"하긴."

조완희는 고개를 끄덕였다.

"근데 묘한 여자애들이라니?"

"네가 직접 봐봐."

조완희는 책장을 잡아당기자 지하로 내려가는 계단이 드러났다.

박현은 계단을 타고 아래로 내려갔다.

칙칙할 줄 알았던 지하는 어느 순간 은은한 파스텔톤 녹색과 하늘색으로 바뀌어 있었다.

불빛도 은은한 것이 생각보다 아늑했다.

다만 단 한 가지.

아늑함과는 거리가 먼 쇠창살이 툭 가로막고 있었다.

쇠창살 너머 방은 감옥으로 생각이 들지 않을 정도로 깨끗하고 아기자기했다.

뭐라고 해야 할까.

꼭 인형의 방처럼 느껴졌다.

방 안에는 두 명의 여자애들이 구석에 등을 돌린 채 꼭 끌어안고 있었다.

"저 애들."

"……."

조완희가 두 여자애를 가리키며 말했다.

하지만 돌아온 대답은 없었다.

"……?"

조완희는 고개를 돌려 박현을 쳐다보았다.

"……!"

박현은 눈을 부릅뜬 채 몸을 잘게 떨고 있었다.

"여, 연화?"

두 아이를 바라보는 박현의 목소리는 가늘게 떨렸다.

* * *

가장 암울했던 시절.

시궁창에도 꽃이 핀다고, 그 시절 유일한 웃음이었던 연화.

그녀는 자신의 눈앞에서 죽었었다.

그런 그녀가 자신 앞에 서 있을 수 없다.

눈앞 두 소녀는 어린 소녀가 아닌가, 나이 대도 맞지 않았다.

그리고.

얼굴이 달랐다.

'왜?' 라는 의문이 만들어졌다.

무엇 때문에 저 자그만 두 소녀를 보고 연화를 떠올렸을까 싶었다.

'향기.'

너무나도 그리운, 그녀의 향기가 두 소녀에게서 풍기고 있었다.

두 소녀는 박현을 보고도 아무런 반응을 보이지 않았다.

마치 나무 인형처럼, 둘에게서는 아무런 감정도 드러나지 않았다.

그저 뒤에서 소리가 들리니 반응한 것뿐으로 보였다.

"어떻게 된 거야?"

박현이 조용히 물었다.

"아직은 제대로 살펴보지 않아서 모르겠지만, 의식이 갇힌 거 같아."

"의식이 갇혀?"

"마법이든 주술이든. 강제로 의식을 가라앉히는 것이지. 뭐라고 설명해야 하나. 눈 뜬 자는 사람?"

"눈 뜬 자는 사람?"

"좀 더 활발한 몽유병?"

"아—, 아."

그제야 이해한다는 듯 박현은 고개를 끄덕였다.

박현은 시선을 다시 두 소녀에게로 향했다.

"깨울 수 있겠어?"

"쉽지 않아."

"천하의 완희가?"

박현은 의외라는 듯 눈을 동그랗게 뜨며 조완희를 쳐다보았다.

"강제로 풀려면 풀 수 있지."

조완희는 퉁명스럽게 말했다.

"다만 天癡(천치)가 되겠지."

혼이 깨진다는 말.

"그거 알아?"

"……?"

"독사에 물렸을 때 그냥 해독제 한 방이면 그냥 나아."

"그런데?"

"그럼에도 독사에 물린 환자가 오면 의사들은 발을 동동

구르지."

"……?"

"왜냐하면 환자가 어떤 뱀에게 물렸는지 모르니까. 그래서 의사들은 어떤 뱀에게 물렸는지부터 알아봐."

"결국 어떤 術(술)인지 알아야 한다는 말이군."

"어."

"흠."

"어떤 술인지 알면 깨트리는 건 아주 쉬워."

"그렇다면."

박현은 고개를 들어올렸다.

"이 일을 알고 있는 놈에게 물어봐야겠군."

그의 눈에 들어차는 건 회색 시멘트 천장이었지만, 박현의 의식이 향한 건 바로 송세동이었다.

박현이 다시 계단으로 걸음을 내딛다가 갑자기 걸음을 멈췄다.

박현은 미간을 좁히며 입을 열었다.

"완희야."

"어."

"이 섬. 우리 둘뿐이지?"

"그런데. 왜……."

되묻던 조완희의 얼굴이 굳어졌다.

"젠장!"

박현은 그 즉시 흑우로 변하며 계단으로 몸을 날렸다.

콰앙!

곧바로 벽을 부수며 거실로 올라간 박현은 굳게 닫혀 있는 철로 만들어진 현관문마저 부수며 밖으로 튀어나갔다.

서걱!

그 순간 달빛을 담은 반월의 궤적이 송세동의 목을 베었다.

푸학!

허공으로 뿜어져 나오는 핏물 뒤로 검은 양복을 입은 사내가 한 자루의 일본도를 들고 서 있었다.

"쿠후우우—."

박현은 낮게 울음을 터트리며 주먹을 꽉 쥐었다.

팡—

그리고는 바닥을 박차고 몸을 날렸다.

시간으로 따지면 1초도 되지 않을 시간.

그 짧은 시간 안에 박현은 생각보다 많은 것을 파악했다.

일단 송세동의 머리를 벤 자는 한국인이 아니었다.

'일본인.'

단순히 그가 일본도를 들고 있어서가 아니었다.

그렇게 단정할 수 있었던 이유는 일본인 특유의 화장 때문이었다.

깔끔하게 정리된 눈썹.

반듯하게 면도된 이마.

그리고 귀걸이.

멋 부리기 좋아하는 일본 젊은이 특유의 생김새였다.

'일본이라…….'

박현의 몸에서 분노가 담긴 시커먼 기운이 스물스물 피어났다.

그저 일본인이라 분노가 인 것은 아니었다.

요즘 세상에 일본인이 한국 땅에 있다 해서 특별한 반감이 있거나 하지는 않았다. 많은 한국인들이 일본에 가는 것처럼, 많은 일본인들도 한국에 온다.

한국인이든, 중국인이든, 일본인이든.

그저 자신의 일을 방해했기 때문이었다.

"쿠허어어!"

박현은 땅을 박차며 사내를 향해 주먹을 휘둘렀다.

"하앗!"

사내는 크게 발을 구르며 흑우, 박현의 주먹을 향해 일본도를 힘껏 내려찍었다.

일본도 칼날에 파리한 기운이 담기자, 기다렸다는 듯이

박현의 커다란 주먹에도 검은 기운이 나풀거렸다.

캉!

주먹과 칼날이 부딪혔다.

당연히 주먹이 칼날에 베여야 정상이지만, 손과 검에 각자의 기운이 씐 이상 그러한 것은 아무런 의미가 없어졌다.

남은 건 누구의 힘이 더 강하냐는 것뿐이었다.

"하아앗!"

사내는 앞발에 더욱 힘을 주며 검에 모든 힘을 담았다.

파지직—

검과 주먹 사이에 아주 작은 파음이 만들어졌다.

"큽!"

사내의 눈두덩이가 꿈틀거렸다.

미세하게 느껴지는 칼날의 뒤틀림.

칼날이 눈앞에 선 거대한 존재, 흑우의 힘을 이겨내지 못하고 무너지고 있었다.

사내의 몸에서 짙은 기운이 흘러나오기 시작했다.

그 기운은 꾸역꾸역 검으로 밀려 올라갔고, 칼날 위에 더욱 두툼하고 날카로운 검기를 만들어냈다.

사각!

그 검기는 우악스럽게 박현의 흑기(黑氣)를 파고들기 시작했다.

사내의 눈에 일말의 생기가 피어날 때쯤이었다.

스하아—

박현의 흑기는 마치 살아 있는 생물처럼 주먹에서 뻗어나와 칼날을 움켜잡았다.

파지지직!

칼날이 더욱 온몸을 떨며 고통스러운 울음을 만들어냈다.

깨지고 있다.

"……!"

사내의 얼굴이 서서히 일그러지고 있었다.

흑기가 칼날을 단단히 쥐고 있었기에 뒤로 물러나고 싶어도 물러날 수가 없었다.

"칙쇼!"

사내가 습관적으로 욕을 내뱉자마자.

파장창창창!

칼날은 더 이상 버티지 못하고 박현의 주먹에 산산조각나 사방으로 비산했다.

서걱! 서걱!

부서진 칼날은 마치 암기처럼 사내의 뺨과 어깨, 허리를 얕게 베고 지나갔다.

어깨와 배.

부서진 칼날에 옷이 베여 서서히 붉은 피로 물드는 피부 위로 문신이 보였다.

'야쿠자.'

박현의 눈매가 가늘어졌다.

'이 새끼.'

박현이 짧게 죽은 송세동의 머리를 일견했다.

다른 누구도 아닌.

범죄자집단인 야쿠자를 이 땅에 끌어들여?

'감히 내가 있는 이 땅에!'

박현의 눈이 스산하게 바뀌었다.

자신이 다른 이의 땅에 들어갈 순 있어도, 다른 이가 자신의 땅에 침범해 들어오는 것은 용납할 수 없다.

"크르르르르!"

박현의 울음이 바뀌었다.

아시아 맹수들의 절대자.

흉포한 지배자.

그건 바로 호랑이의 울음이었다.

"크하아아앙!"

마치 축지를 보는 듯 폭발적인 힘으로 박현은 한 걸음에 사내, 야쿠자를 덮쳐갔다.

＊　　　＊　　　＊

통통통통통!

자그만 어선이 어둑한 망망대해를 건너고 있었다.

어선 선수에 백색무문의 마로 만든 의복을 입은 사내가 붉은 방석 위에 무릎을 꿇고 앉아 있었다.

陰陽師(음양사)[1].

그의 무릎 위에 동으로 만들어진 거울이 올려져 있었다.

"뭐가 보이나?"

보좌역 야스오가 음양사 마시히토에게 다가가며 물었다.

그의 물음에도 음양사 마시히토는 바위처럼 아무런 반응을 보이지 않았다.

무시한다고 생각할 수 있었으나 야스오는 크게 개의치 않으며 칠흑 같은 망망대해로 눈을 돌릴 뿐이었다.

지잉—

그때 청동거울이 짧게 울었다.

그제야 음양사 마시히토는 눈을 떠 청동거울을 내려다보았다.

순수하게 밝던 거울이 붉게 물들었다.

"신지가 곽 시장을 죽였군요."

마시히토의 말에 야스오의 미간이 좁아졌다.

"곽 시장을 죽였다."

야스오는 그 말을 조용히 입 안에서 한 번 더 돌렸다.

그가 곽진석, 송세동을 죽여야 할 만큼 뭔가 있다는 뜻이었다.

별로 좋지 않은 상황이었다.

슬쩍 든 불길함에 야스오는 담배를 입에 물며 미동조차 하지 않고 다시 눈을 감고 있는 마시히토를 내려다보았다.

지이이잉—

다시 눈길을 거두려는 그때였다.

마시히토의 무릎에 놓인 청동거울이 마치 발작이라도 하려는 듯 마구 요동치기 시작했다.

그 순간 마시히토가 눈을 부릅떴다.

그러자 온몸으로 비명을 지르는 청동거울이 허공으로 둥둥 떠올랐다.

은은한 빛을 발하는 청동거울 그 자체가 붉게 변하기 시작했다.

파삭—

청동거울 끝이 살짝 깨졌다.

그걸 시발점으로 청동거울의 매끈한 거울 부분에 잔금이 가기 시작했다.

"흡!"

마시히토는 그걸 본 순간 뒤로 훌쩍 뛰어올라 소매에서 부채를 꺼내 활짝 펼쳤다.

『금기입성(金氣入城) 급급여율령!』

음양사 마시히토의 눈에서 금빛 기운이 뿜어져 나왔다.

금빛 기운은 부채에 담겨 청동거울을 보듬었다.

자자작— 자작—

그러자 마치 시간을 거스르는 듯 청동거울에 난 금이 사라지기 시작했다.

음양사 마시히토가 안도의 한숨을 내쉬려는 그때, 청동거울 자체가 우악스럽게 뒤틀리기 시작했다.

"토축(土築) 금기입성, 시카츠(呵っ—, 벌하다)!"

황금빛 금의 기운 안에서 황토빛 토의 기운이 피어났다.

단단하게 밑을 다져주니 날카로운 쇠의 기운이 더욱 옹골차게 청동거울로 스며들었다.

다시 청동거울이 제모습을 찾아가는가 싶었지만.

"......!"

금이 간 거울 표면 위로 황금색 눈동자가 떠올랐다.

콰드드득!

그리고는 청동거울은 마치 압축기에 버려진 재활용 쓰레기처럼 단숨에 찌부러졌다.

"컥!"

음양사 마시히토는 그 순간 피를 토하며 뒤로 휘청거렸다.

"마시히토!"

야스오는 재빨리 마시히토를 받아들었다.

"야스오 님. 배를 되돌려야……, 큭!"

음양사 마시히토는 충격을 이겨내지 못하고 그대로 기절하고 말았다.

                    *   *   *

"흠!"

박현은 죽은 사내, 신지를 내려다보며 손가락을 꿈틀거렸다.

그의 마지막 발악은 이상했다.

분명 사내가 가진 내력의 바닥을 보았다 싶었는데, 갑자기 그의 힘이 배 이상으로 커졌었다.

박현이 뺨에 난 상처를 손등으로 훑으며 눈가를 씰룩거렸다.

『야쿠자, 이 새끼들!』

박현의 눈에서 더할 나위 없는 분노가 피어났다.

*용어

1) 陰陽師(음양사): 음양사(온묘지), 원래 음양사는 일본의 점술, 천문, 역을 보는 기관에 속한 관직 중 하나였다. 이 기술직은 점차 민간영역으로 확대되어 개인적으로 점술, 주술 제사 등을 행하는 이들을 가리키는 호칭으로 변했다. 한국의 박수무당과 비슷한 부분이 많다. 이러한 부분은 오컬트적 이미지와 결합해 현재 일본을 대표하는 판타지 캐릭터가 만들어졌다.

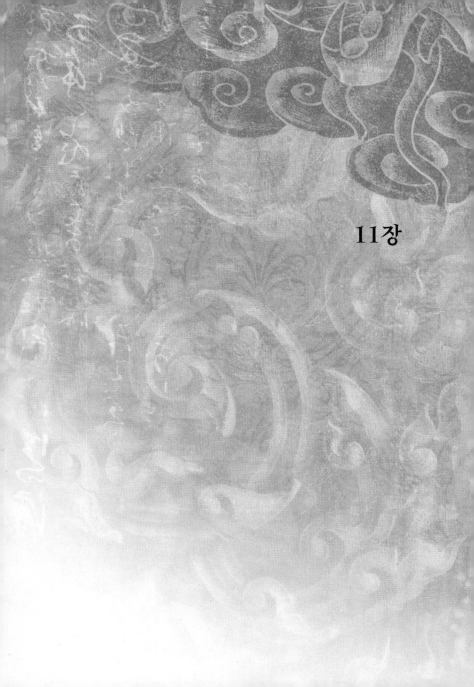

11장

"흠."

조완희는 죽은 야쿠자 앞에 쭈그려 앉아 그의 상의를 벗겼다.

그러자 야쿠자 특유의 문신이 드러났다.

"손가락 2개면, 제법 아수라장을 헤쳐 나온 놈인데."

조완희는 왼손, 한 마디가량 뭉툭한 약지와 소지를 흘깃 쳐다보았다.

"뭘 찾아?"

야쿠자의 품을 뒤지는 조완희 곁으로 박현이 다가서며 물었다.

"배지."

"배지?"

"야쿠자는 자신이 소속된 조직의 배지를 가지고 다니거든."

야쿠자의 빈 주머니를 모두 확인한 조완희는 손을 탁탁 털며 자리에서 일어났다.

"신분을 숨길 정도면 작정을 하고 움직였다는 소리인데."

"그나저나 이 녀석, 마지막에……."

"격체전공(隔體傳功)의 술."

"격체…… 뭐?"

"매개체를 이용해 힘을 전달하는 술이야."

조완희는 발로 죽은 야쿠자의 가슴을 툭 찍었다.

"매개체는 이 문신이고."

가슴 중앙에 원형의 묘한 문신이 찍혀있었다.

박현은 그 문신을 빤히 내려다보았다.

"부적 같은 건가?"

"부적 같은 게 아니라, 일종의 부적이야."

조완희는 문신을 살폈다.

"부적에는 무당의 고유한 표식이 있다 하지 않았나?"

"그렇기는 한데."

조완희는 미간을 찌푸리며 나직하게 혀를 찼다.

"여우 신령이야."

"여우 신령?"

"음양사들이 기본적으로 힘을 빌리는 신. 이 녀석은 고유 표식조차 남기지 않았어."

박현도 조완희를 따라 문신 부적을 쳐다봤지만, 아무것도 알지 못했다.

"기하학적으로 생겼지만, 단순화시키면, 여우 호(狐)."

"흠."

"이 새끼, 머리를 썼네."

조완희는 문신 부적 사이에 묻은 거무튀튀한 그을음을 손가락으로 훔쳤다.

"……?"

"고유 표식은 종이 문신으로 태워 없앴어."

조완희는 더는 볼 것 없다는 듯 허리를 펴고 일어났다.

"야쿠자 중에 이면과 관련된 조직을 뒤지면 되겠군."

박현의 말에 조완희가 고개를 저었다.

"쉽지 않을 거다."

"……?"

"왜냐하면 대부분의 야쿠자가 이면과 관련되어 있으니까."

"끄응."

야쿠자 조직만 해도 수십 개다.

"이 녀석이 인간인 걸 보면……, 고베 쪽을 뒤지면 되겠네."

"고베면 고베 야마구치구미(山口組)?"

"어."

"고베 야마구치구미면 야마구치구미에서 떨어져나간 걸로 아는데."

"외부적으로 보면 이권 다툼이니, 상납금이니 해도."

"진실은?"

"신족과 사무라이의 분리."

"그러니까 그 말은 야마구치구미가 용회이고, 고베 야마구치구미가 검계란 뜻인가?"

"맞아. 다만 야마구치구미의 신족들은 뇌신을 따르고, 고베 야마구치구미는 풍신을 따르지."

"그럼 대부분의 야쿠자가 이면에 관련되어 있다는 말은 무슨 뜻이지?"

"말 그대로."

박현의 눈썹이 꿈틀거렸다.

"좋은 말로 할 때 알아먹기 쉽게 말해라."

"설명할 것 말 것도 없어. 야쿠자라는 간판을 내세워 이면의 것들이 사회로 나온 것이니까. 아주 합법적으로."

"이거 참."

"골 때리는 나라지."

"그래도 되나?"

"알 게 뭐야. 일본을 지배하는 두 용이 그리하겠다는 걸."

"……."

"어쨌든 폭력단체를 앞세운 터라 항쟁이든 살인이든 뭐든 잘 먹히니까."

"뱀 새끼들이 머리 하나는 잘 썼네."

"이서라, 어쨌든 용은 용이다."

"용 같은 소리하네."

박현은 콧방귀를 뀌었다.

"뇌신과 풍신의 아비인 용신(龍神)[1]도 인간들의 욕망과 숭배로 용의 격을 갖췄었어. 그런 용신의 후손이야."

"그래 봤자 용의 탈을 쓴 뱀이지. 아비를 잡아먹고 큰."

"그래도 조심해라. 태생이 어떻든 지금은 어엿한 두 용이다."

조완희의 말에 박현이 비릿한 웃음을 드러냈다.

"그리고 사무라이라고 해서 무작정 움직일 생각 마라."

조완희는 박현을 지그시 바라보며 말했다.

"우리 검계와 달리 사무라이들은 철저하게 풍신의 수족들이니까."

"……?"

"사무라이들이 고베라는 이름으로 독립했다 해도 야마구치구미라는 이름을 버리지 않았어. 즉, 풍신과 뇌신이 사이가 좋지 않다 해도 둘은 하나의 목숨을 공유하는 쌍둥이야."

"목숨을 하나로 공유하는 쌍둥이?"

그건 몰랐었다.

"결국 하나라는 의미지."

"……."

"일본은 일반 사회와 이면, 모든 게 뇌신과 풍신의 지배하에 있어. 무작정 들이박으면 일본의 이면뿐만 아니라 일반 사회와도 싸워야 해. 정치인, 기업, 자위대 그 모든 것들과."

"골치 아프군."

박현은 미간을 찌푸렸다.

"하긴 중국도 매한가지이기는 한가?"

조완희는 중얼거리듯 말했다.

*   *   *

"야스오 보좌!"

야스오가 음양사 마시히토를 안고서는 선실로 들어가자,
조용히 대기하고 있던 야쿠자들이 자리에서 우르르 일어났
다.

"따뜻하게 이불 덮어주고, 신약(神藥)을 솜에 묻혀 입안
에 머금게 해."

"하이!"

"하이!"

야스오는 음양사 마시히토를 수하들에게 넘겨준 후 조타
실로 향했다.

"야, 야스오 보좌."

음양사 마시히토가 쓰러지는 걸 조타실에서 본 선장이
걱정스러운 목소리로 그를 불렀다.

"일단 배 세워."

"예."

야스오는 위성전화기를 꺼내들었다.

《벌써 일이 끝났나?》

"격체전공의 술을 쓰던 음양사가 쓰러졌습니다."

《…….》

수화기 너머 침묵이 이어졌다.

"그러면서 음양사가 길을 되돌리라 했습니다."

《그가 누구냐…….》

"신지입니다."

《죽었겠군.》

"음양사가 일어나야 정확하게 알 수 있겠지만 거울이 깨진 것을 보면 죽은 것으로 사료됩니다."

《표식은?》

"평범한 일본도가 전부입니다."

《음양사는?》

"당분간 깨어나기 힘들어 보입니다."

《…….》

"어찌합니까, 부두목?"

《끄응.》

침묵 끝에 앓는 소리가 들려왔다.

고민이 깊은 모양이었다.

《돌아와.》

"하이!"

야스오는 전화를 끊으며 전화기를 꾹 움켜쥐었다.

"어찌할까요?"

"배 돌려."

"예."

야스오는 입술을 잘게 씹으며 조타실을 나갔다.

"쯧."

고베 야마구치구미 부두목 카즈나리는 타카시에게 휴대
폰을 넘기며 혀를 찼다.

"타카시."

"예, 부두목."

"잔류신민[2] 몇 수배해."

"잔류신민 말씀입니까?"

"……."

부두목 카즈나리의 눈매가 가늘어졌다.

"아, 알겠습니다."

타카시가 나가고 부두목 카즈나리는 다시 상으로 돌아갔
다.

"이번 거래를 조금 미뤄야겠습니다."

"거래를?"

유쾌하던 뱀문신 사내의 얼굴이 한순간 냉랭해졌다.

탁.

뱀문신 사내는 술잔을 탁자 위에 내려놓으며 삐딱하게
등받이에 몸을 기댔다.

"농담이 심합니다."

"농담이 아니오."

"농담이 아니다, 라."

뱀문신 사내는 입안으로 혀를 굴리며 술잔을 만지작거렸다.

콰과곽!

이어 술잔이 그의 손안에서 산산이 부서졌다.

"이런."

뱀문신 사내는 부서진 술잔을 바닥에 쏟으며 이죽거렸다.

부두목 카즈나리는 별다른 표정의 변화 없이 구석에 앉아 있는 수하에게 눈짓을 보냈다.

그러자 수하는 새 술잔을 가져와 뱀문신 사내 앞에 놓았다.

"한 잔 받으시지요."

카즈나리 부두목은 술병을 들어 내밀었다.

아무렇지 않게 하는 그 행동에 뱀문신 사내는 피식 웃으며 술잔을 들었다.

"내 이래서 당신을 좋아해."

뱀문신 사내는 술잔을 들었다.

"그건 저도 마찬가지입니다. 그렇기에 삼합회를 대표해서 제 앞에 앉아 있는 거 아니겠습니까?"

창—

둘의 술잔이 부딪혔다.

"그런데 곤란하단 말이야. 이대로 돌아가기에는."

뱀문신 사내가 미간을 찌푸렸다.

"무슨 일인데 그러는 거요?"

"창고에 일이 생긴 모양입니다."

"이런. 어쩌다가?"

뱀문신 사내의 물음에 부두목 카즈나리가 고개를 저었다.

"아직 모르오. 함께 간 음양사에게 물어봐야 알 수 있을 듯싶소."

"혹여?"

뱀문신 사내의 말에 부두목 카즈나리의 미간이 좁아졌다.

"한 팔 거들지."

뱀문신 사내가 카즈나리 부두목의 빈 술잔을 채워주며 물었다.

"당신도 그렇겠지만, 나도 빈손으로 가면 곤란하거든."

표정의 변화가 없던 카즈나리 부두목이 눈썹을 꿈틀거렸다.

"당신네 신도 그렇지만, 우리네 신도 무섭거든."

부두목 카즈나리가 술병을 건네받았다.

"공물을 바쳐야 하는 건 당신이나 나나 매한가지잖아."

"그래서?"

"잔류신민이라 했던가? 저치에게."

뱀문신 사내가 턱으로 타카시를 가리켰다.

"용왕 문무 때문이겠지? 신분이 드러나지 않기 위해서."

뱀문신 사내가 손가락으로 바닥을 툭툭 두들겼다.

"그렇소."

"봉황일 때는 일이 편했는데. 쯧."

"하긴 용왕 문무가 영 껄끄럽기는 하지."

그 말에 카즈나리 부두목은 마뜩잖은 듯 혀를 찼다.

"부두목이 준비한다는 치들, 믿을 만한가?"

"……?"

"나도 한 손 거들지."

"흠."

"걱정 마시오. 우리에게도 그런 이들이 있거든. 세상 어디든 화교는 존재하니까. 아니면 돈 몇 푼 쥐여주면 목숨을 버려줄 조선족들도 많고."

뱀문신 사내가 씨익 웃음을 지어 보였다.

그 웃음에 카즈나리 부두목이 손을 들어 타카시를 불렀다.

"야스오에게 전화 넣어. 대기하라고."

그 모습에 뱀문신 사내도 밖에서 대기하고 있던 수하를
불렀다.

"따거, 부르셨습니까?"

"지금 쓸 만한 화교나, 조선족 있나?"

"……?"

"삼합회의 흔적이 없는 놈들로."

"버릴 패입니까?"

"어쩌면."

"조선족 몇 있습니다."

"그들을 부르고. 네가 따라가."

"명!"

둘의 대화가 끝나자 카즈나리 부두목이 뒤이어 타카시에
게 명령을 내렸다.

"손님들을 야스오에게 안내해. 그리고 야스오에게 전해.
음양사와 함께 참전하지 말고 결과만 확인하라고."

"하이!"

타카시는 뱀문신 사내의 수하와 함께 밖으로 나갔다.

"일단 기다려봅시다."

"그럽시다."

둘의 술잔이 부딪혔다.

*　　*　　*

"진짜 남을 거야?"

조완희가 물었다.

"범인은 반드시 다시 현장을 찾는다. 형사의 수칙 중 하나야."

박현은 조완희 뒤에 둥둥 떠 있는 두 소녀를 바라보며 물었다.

"얘들이나 잘 보호해. 가능하면 정신도 깨워놓고."

"일 끝나면 별왕당으로 와. 그곳에 있을 테니까."

"그래."

조완희는 두 소녀를 데리고 몸을 날려 배에 올라탔다.

통통통통—

그렇게 배가 떠나고.

형사로서 감이 온다.

저 두 소녀 때문에, 누군가가 다시 찾아오리라는 것을.

'어서 와라.'

누구인지 모르나.

박현은 칠흑 같은 바다를 잠시 쳐다보다 몸을 돌렸다.

    *   *   *

통통통통통—

어선 세 척이 바다를 가르고 있었다.

그중 가장 선두에 달리고 있는 어선에 사내 넷이 타고 있었다.

선수에 음양사 마시히토가 붉은 방석에 앉아 있었다.

턱.

그런 그의 어깨에 굵은 손이 올려졌다.

마시히토는 그 손길에 고개를 들어올렸다.

"명심해. 흔적을 남기지 말고, 공녀(貢女)가 있는지, 그리고 적이 누구인지 파악하는 게 우선이야."

간부 타카시의 말에 마시히토가 고개를 끄덕였다.

"명심하죠."

마시히토는 고개를 끄덕이며 다시 입을 열었다.

"부적들은 나눠줬습니까?"

"나눠줬어. 그쪽은?"

야스오가 고개를 돌려 손등에 뱀꼬리 문신을 한 사내를 쳐다보았다.

뱀문신.

사룡방.

삼합회를 이루는 셋 정점 중 하나였다.

그리고 사룡방의 주인은 오성기의 네 번째 별, 날지 못하는 용 반룡이었다.

"우리도 준비되었소."

"신분은 확실하오?"

"삼합회를 모르오? 우리도 우리 분파를 다 모를 정도인데, 남들이 알까? 뭐 솔직히 은근슬쩍 삼합회라고 우기는 놈들도 태반이라."

뱀꼬리 문신, 맹우항은 씨익 이를 드러냈다.

"솔직히 이번에 준비한 놈들도 삼합회라고는 하는데, 나는 모르오. 알 필요도 없고."

사실 족보를 중히 여기는 야쿠자 입장에서 어이없는 일이기는 한데, 삼합회 내부를 들여다보면 이해할 만도 했다. 워낙 방대한 조직이라, 상위 주요 조직을 제외하고는 하부분파는 정확히 파악하기 힘들기 때문이었다.

"그쪽은?"

맹우항이 오히려 턱짓으로 자신 있냐고 물었다.

"걱정 마오. 대를 거쳐 신분 세탁한 잔류신민들이니까. 그중에 제법 한 가닥 하는 용병들이오."

짝!

대화가 산으로 가려 하자 야스오가 손바닥을 쳐서 대화

를 끊었다.

"각자 자신의 일들에만 집중합시다."

"걱정 마시오. 화려하게 불태워 적의 존재를 밝혀줄 터이니."

맹우항이 스산한 웃음을 드러냈다.

"대를 이은 가미카제의 형제들도 불을 밝힌다. 반드시 봐야 한다. 알았나?"

그 말에 마시히토의 눈은 짧지만 두려움을 담으며 파르르 떨렸다.

황금빛 눈동자 하나.

그건 포식자의 눈이었다.

1초도 되지 않을 그 눈빛에 마시히토의 몸은 두려움에 몸이 굳어졌었다.

"후우—."

마시히토는 길게 숨을 내쉬며 애써 두려움을 떨쳐냈다.

"걱정 마시오."

마시히토는 고개를 끄덕이며 그의 주요 무구인 거울과 신장대[3]를 꺼냈다.

마시히토는 손거울이 아닌 화장대처럼 생긴 청동 거울을 앞에 세운 후 신장대를 무릎 위에 올려놓았다.

"때가 되면 알려주십시오."

그 말을 끝으로 마시히토는 조용히 눈을 감았다.

얼마의 시간이 흘렀을까.

"마시히토."

그를 부르는 소리에 마시히토는 조용히 눈을 떴다.

눈앞에 보이는 건 칠흑같은 어둠과, 달빛에 부서지는 파도 뿐이었다.

그리고 희미하지만 저 멀리 바다에 떠 있는 섬 하나가 보였다.

마시히토는 명상으로 두려움을 떨친 듯 차분하게 품에서 목함 하나를 꺼냈다.

"시작하셔도 됩니다."

그 말에 양쪽 어선이 물살을 가르며 섬으로 나아갔다.

두 어선은 통통거리는 엔진 소리도 없이 조용히 섬에 도달했다.

"시작하겠습니다."

마시히토는 목함을 열었다.

그러자 비릿한 향이 풍겨 나왔다.

붉은색을 머금은 자그만 솜 주머니였다.

경면주사와 닭피가 주요 재료인 붉은 신약의 비릿한 맛이 감돌자 마시히토는 잠시 눈살을 찌푸렸지만 이내 담담히 신장대를 들어 바람에 실어 흔들었다.

촤라라라라—

하얀 종이들이 바람이 비벼지며 사이한 소리를 만들어냈다.

퉁!

그가 신장대를 바닥에 찧자 묘한 울림이 만들어졌다.

"*(&%$&^(*^&%^$%$……."

분명 그의 입에서 흘러나오는 건 일본어인데, 옆에 서 있는 야스오와 타카시는 전혀 이해할 수 없었다.

"호(狐)의 대술(大術)!"

파지지지직!

입에 물고 있던 붉은 색이 입술을 먼저 새빨갛게 만들더니 나무가 뿌리를 내리듯 마시히토의 얼굴에 붉은 선들이 뻗어나갔다.

인간의 부적화.

여우의 힘을 빌려 몸을 부적화시킨 마시히토는 신장대를 흔들며 거울을 쓰다듬었다.

"호의 술, 안개(眼開)!"

거울에도 붉은 기운이 스며들더니 마치 TV를 켠 것처럼 영상이 맺혔다.

거울 안에는 출렁이는 배와 멀지 않은 곳에 울퉁불퉁한 바위가 담겼다.

거울에 비친 화면이 어지럽게 흔들리더니 섬 위로 올라
갔다.

이어 주변으로 십수 명의 인물들이 보였다.

"호의 대술!"

파직!

온몸을 덮은 부적의 선들이 한순간 굵어졌다.

"격공(隔功)의 발현!"

마시히토의 몸에서 뻗어나간 붉은 선은 신장대 하얀 종
이 술이 붉게 물들였다. 그리고 그 붉음은 거울로 스며들었
다.

쏴아아아ー

그 기운은 공간을 넘어 열세 명의 잔류일본인과 삼합회
소속 조선족 조직원들에게로 스며들었다.

가슴 정중앙이 화끈거리자 다들 움찔거렸지만 이내 거대
한 힘이 솟아나자 다들 눈빛에 희열이 들어찼다.

"갑시다."

잔류일본인 우두머리, 전진호의 말에 다들 은밀히 몸을
날렸다.

전진호는 미리 숙지한 길을 따라 언덕을 올라가자 2층짜
리 주택이 모습을 드러냈다.

그러자 전진호는 손을 들어 일단 걸음을 세웠다.

이어 수신호를 보냈고, 약속된 대로 삼합회 조선족들은 우측으로, 잔류일본인들은 좌측으로 찢어져 주택으로 달려나갔다.

"이제 시작이로군."

청동거울을 통해 전진호의 시야를 보고 있던 야스오가 조용히 입을 열었다.

"확실하게 숙지시켰지?"

야스오가 타카시에게 물었다.

"우리 쪽은 공녀를, 저쪽은 적의 존재를 확인하기로 했어."

그 말에 야스오는 고개를 끄덕이며 다시 청동거울로 시선을 옮겼다.

전진호는 허리 정도 오는 담을 넘어 마당으로 뛰어들었다.

마당 중앙에 부서진 현관문이 먼저 눈에 들어왔고, 이어 흉측하게 뜯겨나간 현관이 보였다.

전진호는 일본도를 꾹 움켜쥐며 빠르게 주택으로 달려갔다.

"······!"

쑤아아아아—

그때 한 줄기 바람이 등을 훑고 지나갔다.

그 순간 등골이 오싹해지는 것을 느꼈다.

전진호는 재빨리 몸을 틀며 검을 내질렀다.

그런 그의 눈을 가득 채운 건 날카로운 발톱이 드러난 거대한 발이었다.

퍼석!

눈앞으로 피가 튀었다.

피가 눈동자로 튄 것일까, 시야가 반쯤 붉게 변했다.

붉어진 세상이 마치 팽이처럼 팽그르르 어지럽게 돌았다.

"어?"

바닥으로 툭 떨어진 시야 속에 머리가 사라진 채 일본도를 휘두르는 몸뚱이가 보였다.

'······저건.'

자신의 몸이었다.

뒤죽박죽 멍한 머릿속이 어느 순간 선명하게 바뀌었다.

'칙쇼!'

그리고 그가 마지막으로 본 건, 그의 머리를 밟아오는 거대한 발이었다.

퍼석!

머리가 으깨지는 소리를 들으며 그의 사고는 끊어졌다.

그 순간.

"풉!"

마시히토는 입에서 피를 토해냈다.

"뭐, 뭐야?"

타카시는 청동거울 속 광경을 보며 당황해 소리쳤다.

뭐 하나 선명한 게 없었다.

검은 짐승의 것이라 보이는 단편적인 시선뿐이었다.

좌라라라라—

마시히토는 신장대를 들어 하늘을 향해 뒤흔들었다.

"호의 술, 안개!"

마시히토의 신장대 하얀 술이 다시 붉게 물들었고, 그 붉음은 다시금 청동거울로 스며들었다.

그러자 꺼진 TV가 다시 켜지듯 청동거울에 다시 상이 맺히기 시작했다.

청동거울 속에 흐릿하게 스쳐 지나가는 무엇이 보였다.

청동거울 속 주인은 시선은 빠르게 흐릿한 무언가를 쫓았지만, 어둠 속 검은 무엇은 좀처럼 모습을 드러내지 못했다.

그러다 청동거울 속 주인의 시선이 재빨리 하늘로 향했다.

하늘에는 아무것도 없었다.

아니 있었다.

온몸이 검은 무언가.

그러나 그것이 무엇인지 파악하기 전에 사라졌을 뿐이었다.

퍽!

갑자기 시야가 흔들리더니 땅으로 처박혔다.

이어진 것은 땅을 긁어대는 화면뿐이었다.

그런 화면 끝자락에 짐승의 발로 보이는 것이 언뜻언뜻 보일 뿐이었다.

동에 번쩍, 서에 번쩍하듯 축지로 허공을 뛰어넘으며 시야에서 벗어나던 존재가 삼합회 우두머리 길상우의 뒤를 덮치더니 바닥을 질질 끌며 뒷목을 물어뜯었다.

우드득!

머리를 그대로 찢어버린 검은 짐승, 흑호가 허리를 펴며 고개를 돌려 삼합회 조직원을 쳐다보았다.

"크르르르!"

박현은 천외천의 힘을 드러내며 나직하게 울음을 내뱉었다.

그 울음은 그들의 몸을 굳게 만들었다.

또한 황금빛 눈동자가 주는 위압과 공포에 뒷걸음치던 삼합회 조직원들은 굳은 다리가 꼬여 땅바닥에 주저앉고 말았다.

"으, 으아악!"

몇몇 조직원은 공포를 이기지 못하고 땅을 기어 도망을 치기 시작했다.

쾅!

박현은 그 순간 축지를 밟으며 뒤를 쫓으며 그들의 머리를 부숴버렸다.

"크하아아앙!"

피를 뿌린 박현은 울음을 터트리며 축지로 야쿠자들을 향해 몸을 날렸다.

"풉!"

마시히토는 몸을 바르르 떨며 다시 피를 토해냈다.

쩍!

동시에 청동거울에 굵은 금이 사선으로 만들어졌다.

"마시히토!"

야스오가 그를 불렀다.

"사, 상황은?"

"저, 절반……, 아니 이제 일곱."

마시히토가 몸을 바르르 떨며 입을 열었다.

그가 말하는 수는 살아남아 있는 이의 숫자였다.

"……넷."

말을 내뱉는 마시히토의 눈동자는 파르르 떨렸다.

"야스오!"

타카시가 재빨리 그를 불렀다.

"마시히토!"

야스오는 입술을 지그시 깨물며 그를 다시 불렀다.

"그자! 그자만 보면 된다. 정체만 밝히면 돼!"

그 말에 마시히토가 입술을 지그시 깨물며 고개를 끄덕였다.

그리고는 아직까지 주술이 끊어지지 않은 야쿠자와 접선을 시도했다.

촤라라라라—

마시히토는 입술을 꽉 닫아 피를 삼키며 신장대를 휘둘러 다시 호의 술, 안개를 펼쳤다.

금이 간 청동거울에 다시금 상이 맺혔다.

"헉!"

"흐읍!"

거울에 상이 맺히자마자 야스오, 타카시, 그리고 맹우방의 눈은 부릅뜨며 저도 모르게 뒷걸음을 치고 말았다.

거울을 가득 채운 황금빛 눈동자.

그 눈동자는 공간을 넘어 짙은 살기를 흩뿌렸고, 셋은 순간 심장이 멈춘 듯한 위압감을 느꼈다.

『기다려라. 본인이 그대들의 목을 가지러 갈 터이니.』

"……!"

"……!"

거울에 금이 찍찍 그려지며 음산한 목소리가 흘러나왔다.

파장창창창!

그리고 청동거울이 부서졌다.

거울이 부서지는 찰나 마시히토의 눈이 부릅떠졌다.

"봐, 봤습니다."

"뭐, 뭔가! 저자는?"

야스오가 다급히 물었다.

콰드드득 콰창!

마시히토가 입을 여는 순간, 청동거울의 틀이 단숨에 우그러드는가 싶더니 폭발하듯 부러졌다.

"저, 저자는…… 꺼억!"

그러자.

푸학—

마시히토는 조금 전과는 비교도 되지 않을 정도로 피를
토하며 앞으로 고꾸라졌다.

"흐, 흑……."

"흑, 뭐?"

야스오는 재빨리 마시히토를 품에 안으며 물었다.

화르르륵!

마시히토의 몸을 뒤덮고 있던 붉은 선에서 황금빛을 담
은 불꽃이 튀어나왔다.

"큭!"

피부를 파고드는 열기에 야스오는 재빨리 뒤로 물러났
다.

그리고 마시히토의 몸은 황금빛 불에 타올라 재가 되어
사라졌다.

"칙쇼!"

야스오는 어금니를 꽉 깨물며 주먹을 말아 쥐었다.

*용어

1) 용신(龍神): 일본 역시, 동아시의 신화에서 자유롭지 않았기에 중국과 한국을 통해 용의 존재를 받아들이게 된다. 하지만 이 용의 개념이 민간신앙과 합쳐지며 우리가 알고 있는 용과는 다른 모습과 성격으로 변했다. 하지만 뱀의 신앙 위에 결부되어 일본의 용, 용신은 뱀의 모습을 하며, 하늘로 올라가지 않는다. 그리고 용신은 물과 밀접하여 염못, 폭포, 샘 등에 산다고 한다. 그 밖에 일본의 용으로 야마타노오로치(八岐大蛇) 노즈치(野槌) 또한 뱀의 형태에서 벗어나지 못하는 모습을 보인다.

2) 잔류신민: 잔류일본인, 혹은 잔존일본인. 해방 후 일본으로 돌아가지 않고, 여러 이유로 신분 세탁하며 한국인으로 정착한 이들. 잔류신민은 창작 호칭이다.

3) 신장대: 나무에 하얀 종이 술을 부슬부슬하게 단, 무구로 신과 접신할 때 사용된다.

12장

경기지방경찰청 별관 제3광역수사대 건물, 지하 유치장.

그곳에 열세 구의 시신이 누워 있었다.

"여기 여섯은 야쿠자가 확실하고."

조완희는 나머지 일곱 구의 시신을 흘깃 쳐다보았다.

"한국어가 얼핏 어설펐어. 아니 억양이 특이하다고 해야
하나?"

"북한 출신이려나?"

"마지막에 무의식적으로 중국어가 튀어나온 걸 보면 조
선족일 듯싶다."

"조선족?"

조완희의 물음에 박현이 고개를 끄덕였다.

"신원 나왔다."

신동진 형사가 지하로 내려와 얇은 서류철을 내밀었다.

"특이한 거 있어요?"

"여기 야쿠자라고 한 놈들, 한국 놈들이던데."

"한국?"

박현은 상반신이 문신으로 뒤덮인 여섯 사내를 흘깃 쳐다보며 서류철을 넘겼다.

"재일교포도 아니고, 한국인이 야쿠자라."

박현이 팔짱을 끼며 고개를 갸웃거렸다.

"일본인일 거여야."

서기원.

"일본인?"

"광복 때 한국에 남은 일본인들 제법 있어야."

"……?"

박현이 의아해할 때 최길성이 대화에 끼어들었다.

"잔존일본인."

"……?"

"신분으로 보면 완벽한 한국인일 거야. 광복 때 어차피 모든 게 어수선할 때라, 신분 세탁이 그다지 어렵지 않았거든. 입에 풀칠하기도 어려울 때라 족보 같은 것도 구하기

쉬웠고."

"흠."

박현은 눈매를 가늘게 만들며 그들을 내려다보았다.

"그리고 여기 한 놈만 신분이 나왔어."

"조선족?"

"어. 이놈만 입국 내역이 있고, 나머지 여섯은 없는 걸 보면 밀입국."

"흑사회 출신은 확실한데 삼합회 소속인지는 확실치 않아."

"사실 삼합회 고위 분파가 아니면 확인하기 어렵지. 흑사회나 삼합회나 거기서 거기니까."

"어차피 흑사회도 삼합회의 입김에 자유롭지 못하죠?"

"아마도 그럴걸?"

박현은 미간을 찌푸렸다.

"야쿠자도 모자라 삼합회일지 모르는 흑사회라."

탁— 박현은 서류철을 덮으며 조완희를 쳐다보았다.

"뭐 알아낸 거는 좀 있어?"

"이번 일의 주축이 야쿠자라는 거 정도?"

조완희가 시신의 가슴을 손가락으로 가리켰다.

"시신 전부 음양사의 흔적이 남아 있어."

"정확한 계파는 알 수 없고?"

"어. 이번에도."

아쉽지만, 어쩔 수 없었다.

"결국 아무것도 알아내지 못했군."

박현은 마른 손으로 세수를 했다.

♪~♩ ♪~♩ ♫~

그때 전화가 걸려왔다.

고천욱 검사였다.

《신안군 기자 회견은 빨라야 다음 주쯤 될 듯합니다.》

"생각보다 늦군."

《목포지청 관할 지역이라, 마냥 머리를 들이밀기 힘들어서 그렇습니다. 공조 형식으로 적당히 나눠 먹을 예정입니다.》

"그건 알아서 해."

《저…….》

고천욱 검사가 말꼬리를 흐렸다.

"할 말 있으면 해. 뜸 들이지 말고."

《이번에 지검장님과 차장검사님, 그리고 저. 셋이 조만간 중앙지검으로 갈 거 같습니다.》

"축하해."

《가, 감사합니다.》

"축하 인사 들으려고 그 말을 꺼낸 건 아닐 테고."

《지검장님께서 중앙지검으로 자리를 옮기기 전에 박현 님을 한번 뵙고 싶어 하십니다.》

"지검장이?"

《예.》

"흠."

서울중앙지검이면 검찰청 중의 검찰청, 핵심 기관이었다.

"조만간 날 잡지."

《감사합니다.》

그 뒤로 신안군 사건에 관해 몇 마디 주고받은 뒤 전화를 끊었다. 박현은 그다지 신경 쓰지 않았지만, 고천욱 검사는 꽤나 자세히 현 상황과 이후 상황을 설명했었다.

"참, 완희야."

"어?"

"여자애들은 어째 신원 파악이 돼?"

"둘 다 고아야."

"고아?"

"엄마는 애들 낳자마자 죽었고, 아버지는 행방불명. 일단 서류로 알 수 있는 건 여기까지. 자세한 건 선화랑 미랑이가 그 아이들이 머무는 고아원으로 알아보러 갔어."

"주술은?"

박현은 고개를 끄덕이며 물었다.

"일단 음양사 계열이라는 건 알았으니까. 며칠 내로 만신님 몇 분 모셔서 알아보려고."

"그건 부탁한다."

"너는 앞으로 어쩌려고?"

"일단 상황 봐가면서 여차하면 일본으로 넘어가려고."

"일본?"

조완희가 놀라 되물었다.

"뒷배를 봐줄 형님도 있고."

박현은 전화기를 꺼내 흔들었다.

*　　　*　　　*

고베 야마구치구미 부두목 카즈나리는 앞에 엎드려 있는 보좌역 야스오와 간부 타카시를 쳐다보았다.

"왜? 손가락이라도 자르게?"

"자르겠습니다!"

그 질문에 타카시가 품에서 단도를 꺼냈다.

"쯧."

그 모습에 카즈나리가 나직하게 혀를 찼다.

"셋째 손가락마저 날아가면 검 잡기 어렵다는 걸 모르는 놈도 아니고."

그 말에 타카시는 머리를 다시 바닥에 찧었다.

카즈나리는 시선을 타카시에게서 야스오로 넘겼다.

타카시가 불같은 성격에 자신의 말이라면 섶이라도 메고 불에 들어갈 녀석이라면, 언제나 냉정하게 자신의 걸음을 세우는 이가 바로 야스오였다.

"야스오."

"하이!"

조용히 처분만 기다리고 있던 야스오가 고개를 숙이며 대답했다.

"결국 알아낸 것이 없구나."

"검은 맹수의 피를 이은 신족이 아닐까 짐작만 할 뿐입니다."

"검은 맹수라."

딱히 떠오른 신족이 없었다.

"야스오, 네가 생각하기에 앞으로 어찌하면 좋겠나?"

"아쉽지만 지금은 물러나야 한다 여겨집니다."

"물러나야 한다라. 끄응."

카즈나리는 부채를 만지작거리며 앓는 소리를 삼켰다.

"공물은 아까우나, 창고가 날아간 이상 이 이상은 조직에 무리를 줄 거라 여겨집니다."

"쯧."

"또한 반도의 주인이 봉황과 달라 선뜻 움직이기에 부담이 되고 있습니다."

현재 용회뿐만 아니라, 검계도 노골적으로 불편함을 드러내고 있었다.

"일단 뒤로 물러난 후 다시 한번 한반도 내 조직을 가다듬을 필요가 있어 보입니다."

"휴우—."

야스오의 말이 백번 옳았다.

"제가 남겠습니다."

타카시.

카즈나리의 시선이 타카시에게 향했다가 다시 야스오에게로 넘어갔다.

"타카시 대신 제가 남겠습니다. 한반도 내 활동기지도 복구도 해야 할뿐더러, 아마 사룡방, 부방주의 성격상 이대로 손을 털지 않을 것이니 한 번 더 손을 맞춰보도록 하겠습니다."

야스오가 잠시 고민하더니 입을 열었다.

"필요한 지원은?"

"없습니다."

"없다?"

"무슨 일이 있어도 고베의 이름이 올라서는 안 되기 때문입니다."

"눈 가리고 아웅이군."

카즈나리는 고개를 끄덕이며 말을 덧붙였다.

"위험하다 싶으면 언제라도 몸을 빼라. 내게는 공녀보다 그대가 더 중하다."

"하이!"

쿵!

야스오는 바닥에 머리를 찧으며 복명했다.

그 시각.

사각— 사각—

뱀문신 사내, 사룡방 부문주 리빈은 단도로 손톱을 자르고 있었다.

"실패했다고?"

"예, 부문주."

리빈은 단도를 돌려잡아 탁자에 꽂았다.

그런 후 찻잔을 들어 차를 한 모금 마셨다.

"알아낸 것도 없고."

"죄송합니다."

맹우항은 허리를 숙였다.

"이거 참."

리빈은 찻잔을 내려놓은 후 다시 단도를 뽑아 나머지 손톱을 정리하기 시작했다.

"어찌할까요?"

"뭐를?"

"고베 야마구치구에게……."

"됐어. 그놈들은 한동안 움직이기 힘들 거야. 다른 건 몰라도 이 소국은 일본을 지독히도 싫어하니까."

"그러하면……."

"밑에 쓸 만한 분파 두엇 불러들여."

"……?"

"굳이 손을 내밀어 반으로 나눌 필요 있나?"

리빈이 씨익 입꼬리를 말아 올렸다.

"삼 일 내로 준비하겠습니다."

리빈이 손을 휘휘 저어 축객령을 내리자, 맹우항은 포권으로 예를 취한 후 밖으로 나갔다.

"어떤 놈일까?"

맹우항은 입술을 혀로 핥았다.

*   *   *

"접니다."

《⋯⋯내가 뭐라 불러야 할지 모르겠군.》

전화기 너머 목소리의 주인은 용생구자 넷째 폐안이었다.

"평소처럼 대해주셔도 됩니다."

《형님보다 불편한 막내로군. 그래, 해태 일로 연락도 안 하던 막내가 어쩐 일로?》

폐안이 툴툴거렸다.

"여차하면 일본으로 가야 할 일이 생겼습니다."

《여기에?》

"예."

《목소리를 들어보니 단순히 놀러 오는 건 아닐 듯하고. 무슨 일인지 물어봐도 될까?》

박현은 며칠 동안 있었던 일을 간략하게 설명했다.

《사무라이 야쿠자에 음양사라.》

"혹시 짐작이 가는 데가 있습니까?"

《사무라이 야쿠자라면 고베 야마구치구미가 먼저 떠오를 수밖에 없지. 그건 너도 알지 않나?》

"그렇긴 합니다."

《일단 내가 알아보지.》

"혹시 제가 일본으로 넘어간다면 적당한 신분이 있겠습니까?"

《신분이라. 내 휘하의 야쿠자로 적당한 자리를 만들어
줄 수 있지.》

"형님이 야쿠자 조직도 가지고 있습니까?"

《끌끌끌.》

그 질문에 폐안은 나직하게 웃음을 지었다.

《암전. 한국과 달리 여기는 야쿠자 조직으로 세상에 나
와 있지.》

"허—."

《나름 3대 조직 중 하나야. 그리고 재일교포들도 많아서
네가 위장하기에 나쁘지 않아.》

"당황스럽지만, 나쁘지 않군요."

《당장 넘어올 건 아니지?》

"네. 일단 한국에서 꼬리 정도는 잡고 넘어갈 생각입니다."

《그럼 기다려. 일단 알아본 후 내 넘어갈 테니까. 오랜만
에 형제끼리 모이자고.》

"……."

《……왜, 아직도 앙금이 남아있나?》

박현이 침묵하자 폐안이 조심스럽게 물었다.

"완전히 가신 건 아니지만, 이제 털어내야죠."

《암! 그래야지. 너는 우리를 이끌어야 할 아버지의 적자
가 아니냐. 그리고 아버지의 복수도 해야지.》

"그래야지요."

《이왕이면 이 일에 야마구치구미가 관련되어 있으면 좋겠군.》

털털한 웃음 속에 숨겨진 복수심을 느낀 박현은 피식 웃음을 삼키며 전화를 끊었다.

＊　　＊　　＊

신안군 염전노예 사건.

언론이 이름 붙인 이 사건으로 한창 나라가 시끄러울 때였다.

박현은 근 몇 달 만에 스워드 바에 들렸다.

"왔어?"

CLOSE 팻말이 달린 스워드 바 안에는 비희, 이문, 초도, 포뢰, 그리고 금예가 있었다.

"와, 왔어?"

그나마 가장 편했던 아홉째 초도가 슬쩍 손을 들어 인사했다.

박현은 담담히 인사를 받은 후 용생구자를 향해 고개를 살짝 숙였다.

"오랜만입니다."

"앉아라."

비희의 말에 박현은 빈 의자에 자리를 잡고 앉았다.

서로간의 침묵이 흐르면서 불편한 기운이 만들어졌다.

"애자 누나가 그리운 건 또 처음이네요."

초도의 말에 다들 피식 웃음을 터트렸다.

그녀가 있었다면 조금 시끄럽지만, 아니 많이 시끄러웠겠지만 분위기는 확실히 부드러웠을 게 분명했다.

"우리가 형제라는 건 변하지 않습니다."

박현이 먼저 손을 내밀었다.

막내이지만, 자신은 이들의 적자였다.

그리고 좀 더 나간다면 그들의 주군이기도 했다.

"그래, 우리는 형제지. 아버지의 피를 나눈."

비희가 고개를 끄덕이며 박현을 쳐다보았다.

"미안했다."

잠시 박현을 바라보더니 고개를 숙였다.

"……."

그의 사과에 잠시 해태의 죽음이 떠올라 울컥한 마음이 들었지만 박현은 이내 털어냈다.

당시 비희가 어떤 마음으로 그랬는지 모르는 바도 아니었다.

자신의 입장에서야 마음이 찢어지는 일이었지만, 그들

에게는 그 선택만이 최선이었을 테니까.

"후우—."

박현은 무겁게 한숨을 내쉬었다.

"사과는 이걸로 끝내겠습니다."

"이제 자주 좀 놀러 와."

이문.

"자꾸 밖으로 나도는 것도 보기 안 좋다."

분위기를 풀려고 나름 농을 던졌지만, 어째 분위기는 더욱 싸해졌다.

"애자가 있었어야 했어. 애자가."

포뢰가 고개를 절레절레 저었다.

"누나가 그립다."

초도.

어쨌든 이문의 말에 분위기는 한결 가벼워졌다.

"일단 오늘 모인 일부터 나눕시다."

폐안.

"형제들에게는 내가 일단 설명해뒀다."

박현은 고개를 끄덕였다.

"일단 일본 쪽. 고베 야마구치구미가 직접 개입했는지는 확인이 안 돼."

박현이 미간을 찌푸렸다.

"그런데, 말이야."

폐안이 씨익 웃음을 드러냈다.

"고베 야마구치구미의 부두목 하나가 자리를 비운 건 확실해."

"부두목?"

"카즈나리라고 비록 부두목이지만 풍신의 친위대라 불릴 정도로 입지가 탄탄하지. 다음 카이초(會長)[1]에 가장 가까운 인물이지."

"그가 한반도에 들어왔나요?"

"그게 확인이 안 돼. 하긴 대놓고 들어올 수도 없었겠지만."

"심증이군요, 심증."

"그렇지."

"흠."

"그가 직접 개입하지 않았다 하여도, 적어도 그의 입김에 닿은 하부 조직일 수도 있고."

폐안의 말에 박현은 고개를 끄덕였다.

"확인하려면 일단 일본으로 넘어가야겠군요."

"그러는 편이 좋기는 하지. 내가 암전을 꽉 잡고 있다고 해도, 직접적으로 움직이는 데에는 한계가 있으니까."

폐안이 씨익 웃음을 지었다.

"그리고 이미 자리도 준비되어 있어."

"그게 벌써 됩니까?"

박현은 황당함을 슬쩍 내비쳤다.

"솔직히 말하자면 네가 나타났을 때부터 준비해둔 거야."

"혹시."

한창 봉황을 상대할 때 폐안이 급작스럽게 일본을 오간 사실이 떠올랐다.

"언제든지 넘어와. 나도 슬슬 힘을 집약해놓을 테니까."

"일단 꼬리부터 잡아놓고 넘어가겠습니다."

"사실 먼저 목줄 잡아놓고 대화하는 게 더 취향에 맞지만, 그게 적자의 뜻이라면."

폐안이 고개를 끄덕였다.

"일단 조선족 말이다."

포뢰가 입을 열었다.

"네."

"연변 흑사회(黑蛇會)야."

"흑사회라, 삼합회입니까?"

그 물음에 폐안이 고개를 저었다.

"지들 말로는 삼합회 분파라고 떠들고 다니는데, 삼합회는 아니야."

"삼합회는 아니다."

박현은 눈빛을 반짝이며 포뢰를 쳐다보았다.

"아마 삼합회의 입김이 들어간 거겠지. 그러니 불구덩이에 몸을 던졌을 것이고."

"그 입김이란."

"삼합회 분파로 입적하는 거. 내 생각에는 그게 가장 정확한 추론 같아 보여."

"끙."

박현은 팔짱을 끼며 침음을 삼켰다.

꼬리는 보이는데 몸통이 보이지 않았다.

"이 정도면 완벽하게 노리고 들어온 것이군요."

"그렇지."

박현의 침묵이 살짝 이어질 때였다.

"현아."

조용히 대화를 듣고 있던 비희가 박현을 불렀다.

"먼저 하나 물어보자."

"……?"

"적자의 입장에서 대답해다오."

진지한 물음에 박현은 고개를 끄덕였다.

"사실 우리 형제에게는 나라라는 의미가 없다. 고향이라고 느끼는 땅도 동아시아 전부이지. 아~ 물론, 일본은 제외다."

용생구자 형제들이 적당한 긴장감을 보이며 박현을 주시했다.

"너는 너의 기반을 이 땅으로 하려는 거냐?"

그 말에 박현의 미간이 좁아졌다.

솔직히 그 부분을 고민해본 적이 없었다.

그냥 대한민국이라는 땅에서 태어나 한국인으로 살아왔다. 그래서 의례 기반을 한국으로 생각하고 있었다.

'그래서인가?'

북한, 해태가 물려준 확실한 유산이었지만 좀처럼 발걸음이 가지 않았다.

'한국이라.'

박현은 팔짱을 끼고 고민에 잠겼다.

자신의 정체성.

해태의 유산.

'할아버지가 원하던 거.'

아마 통일일 것이다.

외세에도 흔들리지 않을 하나의 땅.

'할아버지가 그리워하던 고향.'

만주.

'만주라.'

박현은 고개를 들어 용생구자 형제들을 쳐다보았다.

"이왕이면 할아버지의 유지를 잇고 싶습니다."

"해태?"

이문이 물었다.

"네."

"해태가 바라던 게 한반도의 통일이었나?"

이문이 골똘히 생각하며 입을 열었다.

"맞아."

"통일이라."

"그런데 막내께서 하신 말씀은 그게 아닌 듯싶은데."

비희가 박현을 지그시 바라보며 말했다.

"아님?"

"만주."

"만주?"

"중국 동북 지역, 만주. 해태가 태어난 곳이 거기야."

"으음?"

비희의 말에 이문이 눈을 살짝 크게 떴다.

"만주라."

이문이 까칠까칠한 턱수염을 쓰다듬더니 이내 히죽 웃음을 지었다.

"중심은 한국이겠지?"

"그건 저의 정체성이니까요."

비희의 물음에 박현이 고개를 끄덕였다.

"뭘 그리 심각하게 생각해?"

이문.

"중국의 다섯 마리 이무기를 쳐내면 어차피 그 땅이 다 우리 땅인데."

이문의 웃음은 더욱 짙어졌다.

*   *   *

그 시각.

별왕당 지하 연무장.

두 구의 시신이 바닥에 놓여 있었다.

"어떻습니까, 만신님."

조완희가 휠체어에 탄 노인에게 지극히 예를 다하며 물었다.

노인이 휠체어를 툭툭 치자, 젊은 여무당이 휠체어를 좀 더 가까이 밀었다.

구십이 넘은 노인이 뼈밖에 남지 않은 손으로 시신을 어루만졌다.

파지직—

그러자 자그만 번개가 손끝에서 튀었다.

"풍신의 힘이 깃들어있구나."

여무당이었던 노인은 다시 손을 거뒀다.

"풍신이요?"

"그래, 풍신."

"여우가 아니었습니까?"

"그 말도 맞고."

노인은 선을 거두며 잠시 숨을 골랐다.

"여우를 깨운 게 풍신이야. 자네처럼."

"아!"

자신이 대별왕의 은혜를 기반으로 관성제군을 강신하는 것처럼, 저 음양사도 풍신의 힘을 기반으로 여우의 힘을 빌려온 것인 모양이었다.

"혹시 유파를 알 수 있겠습니까?"

조심스런 물음에 노인은 고개를 저었다.

"철저하게 유파의 흔적을 숨겼어."

"흠."

조완희는 침음을 삼켰다.

"일단 저 아해들을 보자꾸나."

노인이 다시 휠체어를 툭툭 치자 여무당이 침대에 누워있는 두 소녀에게로 향했다.

"옷을 벗기거라."

"예."

그 명에 여무당이 두 소녀의 옷을 벗겨냈다.

"흡!"

두 소녀의 전라, 정확히는 단전에 새겨진 문신을 보자 노인이 눈이 부릅떠졌다.

"이런 육시랄 놈들!"

노인은 온몸으로 분노를 표출했다.

팡!

노인은 부적 한 장을 꺼내 불태우며 허공으로 몸을 날렸다.

"이놈들이, 아직도!"

노인은 허공에서 두 소녀를 내려다보며 몸을 바르르 떨었다.

"어, 어머니!"

"마, 만신님."

그의 분노가 하늘을 찌르자 조완희와 여무당은 당황해서 그녀를 불렀다.

"공물이다. 공물이야!"

"그게 무슨……."

"이 아이들은 그 자체가 영약이란 말이다. 조화를 가지고 태어난 아이들을 영약으로 만든 것이야!"

순간 조완희와 여무당의 얼굴이 굳어졌다.

"이런 육시랄 놈들. 찢어 죽여도 시원찮을 놈들!"

노인은 분노를 이기지 못하고 눈물을 주르르 흘렸다.

"천지시여, 대별왕이시여. 여전히 이 땅의 아이들이 고통을 받고 있나이다."

노인이 바닥으로 내려서며 통곡했다.

*　　　*　　　*

툭!

박현이 대별왕 마당에 내려서자 마루방에서 차를 마시고 있던 조완희가 손을 흔들었다.

"왔냐?"

"어."

박현이 마루방으로 들어서자, 휠체어에 앉아 있던 만신이 몸을 파르르 떨었다.

"어, 어머니?"

만신이 힘겹게 몸을 일으켜 세우자, 그녀의 신제자가 어리둥절하게 그를 만류하려 했다.

만신은 그녀의 손길을 뿌리치고 자리에서 일어나다 바닥에 나뒹굴었다.

"어머니!"

만신이 바닥에 얼굴이 처박으려 할 때였다.

우우웅―

부드러운 기운이 그녀를 다시 일으켜 세웠다.

바닥에 앉은 만신은 박현을 향해 머리를 찧으며 허리를 숙였다.

"미천한 무녀, 이화라 하옵니다. 늙은 몸이라 이렇게밖에 인사를 올리지 못해 죄송하옵니다."

만신, 이화의 자그만 노구는 바르르 떨리고 있었다.

"괜찮다. 예는 그 정도면 충분하다."

박현은 기운으로 그녀를 다시 휠체어에 앉히며 마루방으로 올라왔다.

"어머니, 누구신데……."

만신 이화의 제자가 속삭이듯 물었다.

"이 땅의 새로운 하늘이시다."

"네?"

신제자가 어리둥절하게 눈을 떴다.

"죄송하옵니다. 아직 신내림도 받지 못한 불민한 아이라."

"괜찮습니다."

박현이 괜찮다고 했지만, 이화는 신제자를 재촉했다.

"얼른 예를 갖춰 인사 올리지 않고."

"……예."

뭐가 뭔지 모르나 신제자는 얼른 몸가짐을 바르게 한 후 큰절을 올렸다.

"예서가 인사 올립니다."

그런데 그녀는 고개를 빼꼼히 올리더니 눈을 껌뻑였다.

"근데 뉘신지……."

"이, 이년."

팡!

이화가 신제자, 예서의 등을 후려쳤다.

그녀의 힘이 얼마나 셀까 싶었지만 제법 소리는 묵직했다.

"아얏!"

그녀는 촐랑촐랑하게 양손을 등으로 뻗었다.

"이, 이년이!"

"괜찮습니다."

박현이 부드러운 목소리로 그녀의 불안함을 달래주었다.

"누군데 그래요? 네?"

이화가 눈치 없게 속삭이듯 물었지만, 그 목소리가 그다지 작지 않았다.

"픕!"

조완희가 결국 웃음을 터트렸고, 그 웃음에 이화의 얼굴이 벌겋게 달아올랐다.

"이 땅의 새로운 태양이시다."

"태양? 무슨 태양?"

"휴우—."

결국 이화가 한숨을 푹 내쉬었다.

"그래, 그래. 다 내 업보지. 다 내 업보야. 내가 어째 너를 거뒀는지."

이화가 고개를 절레절레 저었고, 예서는 이해를 못 하겠다는 듯 고개를 갸웃거렸다.

'내가 뭘 어쨌다고 그래요?'

옆에서 입만 뻥끗거리는 예서였지만, 굳이 그 소리를 듣지 않아도 그녀가 무슨 말을 하려는지 충분히 알 수 있다.

팡!

이화는 그런 그녀의 등을 다시 후려쳤다.

"너 돌아가면 백일기도 올릴 줄 알어!"

"예에?"

그 말에 예서는 기겁하며 소리를 쳤다.

그렇게 한바탕 소란 아닌 소란이 지나갔고.

"이화라고 했던가요?"

"예."

"저 두 아이. 완희 말에 의하면 공물이라고 하던데."

"……공녀입니다."

"공녀라. 좀 더 자세히 듣고 싶습니다."

박현은 중간에 한 박자 끊은 뒤 물었다.

"무엇부터 설명해 드려야 할지."

"천천히 해주셔도 됩니다."

만신 이화는 잠시 눈을 감더니 천천히 입을 열었다.

"한반도는 예로부터 신의 땅이었습니다. 저 중국의 넓은 터의 기운과, 저 아래 바다와 불의 기운이 모여드는 천해의 땅입지요."

"그래서요?"

"천상과 천하, 지하의 기(氣)가 모이는 곳이니 예로부터 온갖 신과 기물이 탄생하는 땅이옵지요."

"그것과 공녀와는 무슨 상관이 있습니까?"

"인간도 그에 벗어날 수 없는 법. 기가 축척되고 또 축적되어진 땅에 새로운 신이 태어나듯 인간도 태어나는 법입니다."

"흠."

박현이 침음을 삼켰다.

"신들에게 있어 그런 아이들은 최고의 무녀이자, 또한

격을 높여줄 영약입지요."

"무녀이자 영약이라."

"곁에 두면 무녀요, 삼키면 영약입지요."

"……."

박현의 미간이 찌푸려졌다.

"과거 중국이나 일본의 숱한 침략의 이면에 이러한 아이들에 대한 쟁탈이 숨어 있었사옵니다."

"……."

"또한 일제에 수많은 정기를 끊어놓은 쇠말뚝은 신들의 기운을 약하게 만들기 위함도 있으나, 기의 흐름을 인위적으로 비틀어 더욱 많은 공녀를 태어나게 하기 위함이었습니다."

"계속하세요."

"중국과 한반도에 비해 격이 낮은 풍신과 뇌신이 격을 높이려 행한 간악한 짓이었습니다."

결국 인간 못지않은 신의 욕심이었던가.

박현이 연화를 떠올리며 입을 열었다.

"공녀에 대해 알고 싶네."

"공녀 말씀이시옵니까?"

"특이한 점은 없나?"

"있사옵니다."

"무엇인가?"

"반드시 쌍둥이로 태어납니다."

"쌍둥이."

연화도 어릴 적 헤어진 동생이 있다 하였다.

해서 그녀를 찾아 나선 적이 있었지만, 죽었는지 살았는지 찾지 못했었다.

"그리고 어미를 잡아먹고 태어난 아이들입지요."

"어미를 잡아먹고 태어난다?"

"아이가 잉태되는 순간, 아이는 사방의 기운을 끌어당깁니다. 그 기운이 어미의 몸을 거치니, 한낱 인간이 버틸 수는 없습지요. 백이면 백, 어미는 아이를 놓고 죽습니다."

"……."

"또한 온갖 신들이 달라붙으니 인간의 눈으로 보면 해괴한 일들이 벌어지니, 과거에는 저주받은 아이라 칭해졌습지요."

"저주받은……."

"당연히 삶은 비참할 수밖에 없는 운명이옵니다. 허나 비참한 운명 속에 꽃을 피우니, 무가에서는 연꽃이라 부릅니다."

"아—."

박현이 저도 모르게 신음을 흘렸다.

그녀의 이름, 연화.

연꽃.

시궁창에서도 꽃은 핀다는 것을 알고는 자신의 이름으로 삼은 그녀.

그래서였나?

연화가 이면의 누군가에게 죽임을 당한 이유가.

"아이들에게 문신이 있던데. 그건 무엇인가?"

"일본 음양사들의 부적 문신이옵니다."

"부적 문신?"

"그 문신으로 아이들의 기운을 가둬두는 것이옵지요."

"굳이 문신으로 기운을 가둘 필요가 있는 건가?"

"방년까지는 온갖 기운이 정착되지 못하고 날뛰다 보니, 귀신들이 달라붙지요. 그게 아니더라도 아이들의 주변의 기운이 정갈하지 못하고 널을 뛰니 액운이 낍니다."

"액운이라."

"그보다도 날뛰는 기운이 신들의 눈에 잘 띄기 마련입니다. 혹여나 악신의 눈에 띄면."

"잡아먹히겠군."

"해서 기운을 가두는 것입니다. 또한 그렇게 기운을 가두면, 기운이 밖으로 새지 않으니 방년이 되었을 때 아이들이 품은 기운이 더욱 크게 자리 잡게 되옵니다."

들어오는 기운은 있으나, 나가는 기운이 없으니 인간의
몸으로 거대한 힘을 감당할 수 있을까.

없다.

"자연을 거스르니, 어미처럼 몸이 망가지겠군."

"그렇사옵니다."

"그 아이들의 이지가 상실된 것도 그 이유인가?"

"그 과정이 한없이 고통스럽기에, 정신을 닫아놓은 것이
옵니다."

"인간을 인간으로 보지 않고."

"......

"악독하기 그지없군."

박현은 지그시 입술을 깨물었다.

"만신께서는 저 술을 깨트릴 수 있겠는가?"

"장담할 수 없사옵니다."

"흠."

"일본의 술은 음양의 기운을 괴이하게 비트는 경우가 많
사옵니다."

박현이 실망한 듯하자, 재빨리 말을 덧붙여갔다.

"더욱이 지금처럼 훗날을 생각지도 않고, 술을 썼을 때
에는 더더욱 그러하옵니다."

어차피 공물로 바쳐질 아이들.

몸이 망가지든, 정신이 무너지든 상관없었을 터.

"그래도 이대로 죽어가는 걸 볼 수는 없을 터. 내 부탁하지."

"최선을 다해보도록 하겠사옵니다."

박현이 고개를 끄덕일 때였다.

♪~♩ ♪~♩ ♫~

이선화에게서 전화가 왔다.

"좀 알아봤어?"

《아이들이 딱하네요. 어릴 적 친척집을 전전했는데 재수 없는 아이들이라고 쫓겨났어요. 그러다 이곳 천주교 쪽 고아원으로 들어왔구요. 그리고 반년 전쯤 아이들이 가출했다고 하네요.》

"가출?"

납치를 당했다고 여기기는 힘들었을 터.

《일단 이곳에는 그렇게 알고 있어요.》

"가출이라."

《재미난 점이 있었어요.》

"……?"

《수녀 한 분이 몰래 전했는데, 아이들에게 귀신에 씌여 수어 번 퇴마 의식을 거행했다고 하네요.》

퇴마 의식도 한편으로 신기를 다스리는 술(術).

아마 그녀의 몸에 갖힌 기운을 오해했던 모양이다.

어쨌든 그 퇴마 의식으로 기운을 가라앉혔기에 귀나 신의 눈에 안 띄고 살아온 질지 모른다.

결국 공물이 되었지만.

"주변으로 좀 더 탐문해 봐. 친했던 친구들도 찾아보고."

박현은 전화를 끊었다.

"누구야?"

"선화."

"특별한 거라도 좀 찾았대?"

그 물음에 박현은 고개를 저었다.

"친척집 이곳저곳 전전하다가 천주교 보육원에 들어간 모양이더라."

"쯧."

어떤 삶을 살았는지 뻔히 그려지자 조완희가 낯을 찌푸리며 혀를 찼다.

"너는 여기 남을 거지."

"만신님을 도와야 하니까, 그래야지."

박현이 자리에서 일어났다.

"너는?"

"야쿠자라고 하니 부산 쪽을 뒤져보려고."

그 시각.

무당골목이 내려다보이는 봉제산 끝자락 중턱.

팔괘가 그려진·나침반을 든 사내가 나침반을 따라 시선을 무당골목 어느 집으로 내렸다.

그의 시선 끝에 걸린 집은 별왕당이었다.

나침반은 별왕당을 향하려고 했지만, 번번이 밀려났다.

"신력이 높은 무당이라."

음양사의 술을 흐릴 정도면 무시 못 할 신력일 터.

"하긴 내가 알 바는 아니지."

사내는 전화기를 들었다.

"야스오 보좌. 접니다. 공물이 있는 곳을 찾았습니다."

그가 사라지고.

스르르르—

그가 서 있던 곳에서 하얀 기운이 몽글몽글 흘러나와 노인의 모습을 갖췄다.

봉제산 성황신이었다.

성황신의 눈이 음양사의 뒤를 쫓다가 다시 별왕당으로 향했다.

『허—.』

그는 복잡한 눈으로 하늘을 올려다보며 깊은 생각에 잠겼다.

자신은 하늘에 메인 몸.

인간사에 직접적인 개입이 불가한 존재였다.

『내 일러줄 수도 없고. 저놈들을 마냥 볼 수도 없고. 어
허— 통재라.』

잔뜩 찌푸려진 얼굴에 갑자기 눈웃음이 그려졌다.

『옳거니.』

성황신은 슬쩍 걸음을 옮겨 중턱을 발로 밟았다.

우드득—

그러자 나무뿌리가 끊어지는 소리가 나더니 소규모의 산
사태가 만들어졌다.

우르르르 콰과과곽!

엄청난 양의 흙더미가 우르르 무너져 별왕당 담벼락을
뒤덮었다.

그러자 별왕당에서 두 개의 그림자가 튀어 올랐다.

조완희와 박현이었다.

산사태가 일어난 곳으로 날아온 조완희는 매서운 눈으로
산을 훑었다.

그러더니 고개를 갸웃거리며 품에서 지전을 날렸다.

『험험. 불렀느냐!』

성황신이 모습을 다시 드러냈다.

"어찌 된 일인지요?"

조완희가 매서운 눈으로 물었다.

『기분 나쁜 놈이 왔다 가서 심술 좀 부리다가 그만. 미안하구나. 험험험!』

성황신이 요란할 정도로 헛기침을 내뱉었다.

그러면서 성황신은 얼른 질문을 더 하라는 듯 손을 연신 까딱거렸다.

"산을 지켜야 하실 분이 그렇다고 그러시면 대별왕님께 노여움을 받습니다."

그걸 못 본 조완희가 나직하게 타박했다.

"험험! 험!"

이후 성황신을 대놓고 손을 휘휘 저었다.

그러면서 눈빛으로 얼른 질문을 던지라고 눈을 부라렸다.

"……누가 온 모양이지요?"

조완희의 질문에 성황신은 얼른 얼른 말을 하라고 고개를 끄덕였다.

"갔습니까?"

조완희의 말이 끝나기가 무섭게.

『내 산을 지키는 성황신으로서 인간사에 개입하면 안 되지만, 무당의 물음에 답을 안 내릴 수는 없는 법.』

성황신은 허리를 쭉 펴며 수염을 쓰다듬었다.

『음양사의 기운이 담긴 무구를 들고 온 이가 있었다.』

"음양사 말입니까?"

조완희의 질문에 성황신이 쓸데없는 말 말고 핵심 질문을 던지라는 듯 다시 눈을 부라렸다.

"누구입니까?"

『일본 놈들이 한두 놈도 아니고 그걸 내가 어떻게 아느냐!』

답답한 나머지 성황신은 소리를 버럭 질렀다.

"혹시 전화를 주고받지 않았는지요?"

눈치를 챈 박현이 재빨리 끼어들었다.

『허허허―, 그렇네.』

성황신은 언제 화를 냈다는 듯 인자한 얼굴로 대답했다.

"혹시 단서가 될 만한 무엇을 말하지 않았는지요?"

『그 녀석이 별왕당을 내려다보며 '야스오 보좌!'를 찾더구나.』

그 순간 박현의 눈빛이 번뜩였다.

『나는 너희가 질문을 했기에 대답을 해주었을 뿐이다.』

성황신을 몸을 돌리다가 조완희를 흘깃 노려보았다.

『눈치 없는 놈. 에잉―!』

팡!

이어 성황신은 사라졌다.

'찾았다.'

꼬리를.

박현의 손이 꾹 말아쥐어졌다.

〈다음 권에 계속〉

*용어

1) 카이초(會長): 회장. 우리가 흔히 알고 있는 '오 야붕'은 일종의 애칭으로, 정식 호칭은 야쿠자 조직의 이름에 따라 카이초 혹은 구미초(組長)라 부른다.

ORIGINAL FANTASY STORY & ADVENTURE

사도연 판타지 장편소설

『용을 삼킨 검』, 『신세기전』 사도연 작가의 신작!

『두 번 사는 랭커』

여러 차원과 우주가 교차하는 세계에 놓인 태양신의 탑, 오벨리스크.
그리고 그곳에 오르다 배신당해 눈을 감아야 했던 동생.
모든 걸 알게 된 연우는 동생이 남겨 둔 일기와 함께
탑을 오르기 시작한다.

dream books
드림북스

四

환생왕

요도/김남재·신무협 장편소설

ORIENTAL FANTASY STORY & ADVENTURE

정체를 알 수 없는 세력들에 의해
비참한 최후를 맞이한
천룡성(天龍城)의 후계자 천무진.
그런 그에게 찾아온 또 한 번의 삶.
그리고 그를 돕기 위해 나타난 여인 백아린.

"이번엔…… 당하지 않는다."

이젠 되돌려 줄 차례다.
새로운 용이 강호를 뒤흔든다!

dream books
드림북스

DREAMBOOKS★